Pas de paradis sans... l'enfer

Tome 1 : L'épreuve d'admission

par Danielle Tremblay

2013

Droits d'auteur

Merci d'avoir téléchargé cet eBook. Ce livre est pour votre usage personnel seulement. Il ne doit pas être revendu ou donné à quelqu'un d'autre. Veuillez acheter un exemplaire additionnel pour tout nouveau lecteur. Si ce livre n'a pas été acheté pour votre seul usage, veuillez vous procurer une autre copie afin de respecter le bon travail de cet auteur. Si vous utilisez une partie de ce livre dans votre document, veuillez en citer la source.

TABLE DES MATIÈRES

Droits d'auteur

Merci d'avoir téléchargé cet eBook. Ce livre est pour votre usage personnel seulement. Il ne doit pas être revendu ou donné à quelqu'un d'autre. Veuillez acheter un exemplaire additionnel pour tout nouveau lecteur. Si ce livre n'a pas été acheté pour votre seul usage, veuillez vous procurer une autre copie afin de respecter le bon travail de cet auteur. Si vous utilisez une partie de ce livre dans votre document, veuillez en citer la source.

TABLE DES MATIÈRES

Chapitre 1

Seul dans ma chambre, je m'amuse comme tant de fois à rêvasser. Je me vois devenu maître de la Communauté des planètes (C.P.), prince de la paix et de la liberté. Je sais bien pourtant que si je le deviens, je ne pourrai raconter toute ma vie à quiconque. Il y aura toujours des zones interdites, des événements, des circonstances que ma parole donnée à la C.P. m'obligera à cacher. C'est bien pour cela que je vous choisis aujourd'hui comme mes seuls témoins, vous à qui on peut tout confier sans trahir de promesse du silence, vous qui êtes télépathes. Alors, écoutez mon histoire. Je vais revivre pour vous mon enfance et je continuerai de temps en temps à m'adresser à vous en silence jusqu'à ce que je sois, je l'espère, admis à Éden, seul collège terrien de la C.P. Vous pourrez alors lire en moi ce que j'y vivrai. Si vous n'êtes pas toujours à mon écoute, ne vous inquiétez pas ; il vous sera facile de retrouver le fil de mon aventure en me sondant ces jours où, comme aujourd'hui, il me plaira de remonter le cours du temps.

Depuis ma naissance sur cette Terre, je n'ai eu qu'un but : devenir un maître de la C.P. Bien sûr, ma conception de cette prestigieuse fonction a évolué comme moi-même au fil des années.

Quand, à quatre ans, je m'imaginais portant à l'avant-bras la double marque étoilée, je me voyais surtout aux commandes du plus magnifique astronef jamais produit. Je possédais de nombreux jouets ayant un rapport direct ou indirect avec les vaisseaux spatiaux. Les documentaires sur la fabrication et le fonctionnement de ces bijoux volants et de tous leurs apparaux me fascinaient.

En vieillissant, mon centre d'intérêt s'est peu à peu déplacé. À quatorze ans, je me voyais toujours aux commandes d'un aéronef, mais désormais, j'étais devenu un passionné de l'exploration intergalactique et du secours aux populations en détresse. Je croyais qu'il n'y avait rien de plus enviable que la vie menée par Fédora Lynn, maîtresse de la C.P., exploratrice et aventurière célèbre dans tout le cosmos. J'admirais aussi Karim Ebrahim, Indira Ganesa, Choo En-Tien, Dar Erikson et de nombreux autres maîtres réputés pour leur courage et leur talent ; mais Fédora demeurait pour moi la grande entre les grands. Elle a tant de fois risqué sa vie, tant de fois relevé des défis impossibles et accompli tant de miracles ! Car pour poser les pieds sur la planète Hermès et en revenir, non seulement vivante, mais saine de corps et d'esprit, elle devait être forte, très forte. Aussi, je rêvais de devenir son double masculin. Aventures ! Aventures !

Puis, je me suis mis à envisager sérieusement l'envoi de ma demande d'inscription à Éden. À quatorze ans, il était grand temps d'y penser. Bon nombre de parents transmettent cette demande pour leurs enfants, et dès leur naissance. On le comprend aisément quand on pense que, sur les soixante-cinq milliards d'humains de la planète, le quart est en âge d'être admis à Éden. Plusieurs centaines de milliers d'entre eux penseront un jour à s'y inscrire, si leurs parents ne le font pas ou ne l'ont pas déjà fait pour eux. Combien ne se contenteront pas d'y penser ? Éden a beau admettre plusieurs milliers de jeunes tous les ans, mes chances de trouver un maître initiateur qui m'accepte s'amincissent au fur et à mesure du temps qui passe. Si encore j'étais un génie ou un athlète... Mais mon plus grand talent consiste à fantasmer sur la C.P., sur Fédora en particulier.

Mes parents, mon père surtout, se désespèrent de me voir si nonchalant et si rêveur. Parfois, quand je voyage en pensée sur des planètes inconnues, Papa s'approche de moi et, avant de l'apercevoir, je sens ce léger soufflet qu'il me donne en disant : « Tu rêves, si tu crois que c'est la meilleure façon de voyager. » Ils aimeraient tellement, lui et Maman, que leur fils devienne quelqu'un ; mais, physiquement comme moralement, je me sens bien médiocre.

Si tant de jeunes ne s'inscrivaient pas qu'en raison de la supériorité des cours de la C.P., la lutte serait beaucoup moins vive. Même parmi ceux qui sont admis, très peu aspirent réellement à la maîtrise : la redoutable épreuve de nomination, celle à la suite de laquelle on est proclamé maître et affecté à un premier poste, les décourage presque tous.

Comment pourrais-je augmenter mes chances d'être accepté comme novice à Éden ? C'est en cherchant une réponse à cette question que je me suis intéressé à Marissa Borg et à Greg Arsh, les deux maîtres les plus sévères d'Éden. Sur le formulaire de demande d'admission, nous n'avons le droit d'indiquer, parmi les trente-sept maîtres initiateurs actuels, qu'un ou deux d'entre eux. Si j'optais pour Weak ou pour Dukakis, les deux maîtres les plus demandés, ma cause était perdue. Par contre, si je sélectionnais Borg ou Arsh, je pouvais encore espérer être admis avant l'âge de la retraite !

C'est parce qu'ils admettent la majorité de leurs candidats que des maîtres comme Weak et Dukakis reçoivent tellement de demandes. S'ils se montraient plus sélectifs, ces demandes submergeraient d'autres collèges qu'Éden. Alors, des candidats plus sérieux, comme moi, pourraient enfin y être admis. C'est d'ailleurs en pensant à la vie souvent très difficile des maîtres qu'Arsh et Borg les exhortent à ne sélectionner que les meilleurs des jeunes qu'ils initient. Borg a même déjà déclaré à la tridi : « Il ne faut pas oublier que la Communauté est non seulement née d'organisations interplanétaires ayant pour objet notre sécurité collective mais, d'abord et avant tout, de la fusion d'organismes humanitaires de tous les coins de l'univers connu. La vie de maître est plus qu'un métier, c'est une vocation. Il faut entrer à Éden comme on entrait autrefois dans les ordres. Car, il faut être un véritable ascète pour accéder à la maîtrise. »

Quant à Arsh… S'il existe un nom qui me donne le frisson, c'est celui-là. On raconte tellement d'horreurs à son sujet ; au moins autant que de merveilles. À demi darumien, à demi terrien, il n'aurait hérité selon les uns que des qualités des deux espèces (force, longévité et don de télépathie darumiens, par exemple), mais les autres prétendent exactement le contraire. Comme Fédora, on l'admire pour ses actes d'héroïsme mais, contrairement à elle, on le craint pour sa cruauté. Cette cruauté est-elle réelle ? Tout ce que je sais, c'est que personne n'a pu prouver qu'il a déjà volontairement commis quoi que ce fût de vraiment condamnable en ce sens. Ce qui n'empêchait pas des bruits peu rassurants de courir sur la façon dont il traiterait ses élèves, lors des épreuves en particulier. Toutefois, j'avais aussi entendu dire que les plus nombreux à avoir réussi brillamment leur carrière sont, au moins lors de l'une des épreuves d'admission ou de nomination, passés entre les mains d'Arsh.

Avant d'expédier ma demande, j'allais consulter l'Informateur universel afin de fonder mon choix sur une source plus fiable que des rumeurs.

Chapitre 2

En résumé, j'ai appris de l'Informateur que la Communauté des planètes est, comme le disait Borg, une puissante collectivité née de la fusion d'organismes humanitaires et d'organisations de sécurité interplanétaire, mais aussi de groupements sociaux, économiques et culturels de nombreuses planètes. Elle dispose sur ces planètes de vastes territoires où elle a acquis le statut d'autorité souveraine. Sa mission est de même nature que celle des organismes fondateurs. On la verra, par exemple, porter assistance aux populations lors de cataclysmes, famines, pandémies et guerres, lutter contre l'oppression, soutenir les gouvernements et souvent même des associations indépendantes dans la réalisation de divers projets d'importance (alphabétisation de vastes populations, exploration de nouvelles planètes, etc.) et, bien sûr, former dans des collèges comme Éden jeunes et moins jeunes pour la réalisation de toutes ces tâches.

En ce qui concerne Arsh et Borg, je ne pouvais pas dire que les premières informations officielles trouvées grâce à l'Informateur universel m'avaient apporté grand-chose pour m'aider à choisir. À l'en croire, Arsh et Borg sont tous deux d'excellents maîtres.

Borg a trente-cinq ans. La longévité darumienne aidant, Arsh paraît à peu près le même âge, bien qu'il ait en fait presque soixante. Ils sont, l'un comme l'autre, d'intelligence supérieure et parlent de nombreuses langues. L'esprit de Borg est plus tourné vers les arts et le droit intergalactique ; celui d'Arsh vers les sciences, la psychologie et l'informatique. Je crois que leur grande différence d'âge explique qu'il ait à son actif beaucoup plus de missions et d'élèves qu'elle. Nombre de leurs élèves ont d'ailleurs été décorés pour mérite exceptionnel, certains à titre posthume. Par ailleurs, en plus d'être maîtres responsables, ils remplissent d'autres fonctions à Éden. Elle a la charge du bureau d'emploi étudiant, lui y est, entre autres, responsable de la garde et du maintien de l'ordre et de la discipline (rôle qui ne contribue guère à sa popularité). Mais dans l'ensemble, ils constituent tous deux une valeur sûre pour tout nouvel étudiant. Alors, peut-être vaudrait-il mieux suivre comme toujours mon inclination naturelle, que d'essayer de rationaliser mon choix en me fiant à ces données factuelles équivalentes et vides de toute émotion.

En cherchant davantage, je suis tombé sur l'histoire de la jeunesse d'Arsh sur Daruma et sur Terre. L'informateur donne une cote élevée d'incertitude quant au contenu de cette histoire, car personne ne sait qui en est l'auteur et si tout, seulement une partie ou rien de ce qu'on y apprend est vrai.

~.~.~

L'histoire de Greg Arsh

Né sur Daruma, Greg Arsh y est demeuré jusqu'à l'âge de dix ans avec sa mère Daria Indarsh, l'une des scientifiques les plus renommés du Monde Libre. C'est du nom de sa mère que lui vient son nom de famille : Arsh. Sur Daruma, la coutume veut que chaque enfant porte pour moitié le nom de son père et pour moitié celui de sa mère. Ainsi, un enfant ayant pour parents des Darumiens nommés Redan et Loumi se nommerait Remi. Cependant, le petit Greg, pour les Darumiens, n'avait pas de père, puisque celui-ci n'était pas darumien, mais terrien.

Daruma n'est pas le paradis, tant s'en faut. Qu'une forme de vie intelligente semblable à la vie humaine soit apparue et ait proliféré sur une planète si peu hospitalière tient du prodige. D'autant plus que la vie bactérienne et virale s'y est développée comme nulle part ailleurs.

Même si certaines pratiques consécutives à cet état de fait ne sont nullement acceptées par la C.P. et le Monde libre, on comprend aisément qu'elles y aient éclos. L'une d'elles, jugée cruelle, consiste à vérifier, quelques semaines après la naissance d'un enfant, si celui-ci aura la résistance nécessaire à la survie sur sa planète natale, en le plongeant dans un bain d'eau glacée. De nombreuses épreuves, guère plus humaines, parsèment la vie des enfants et des adolescents darumiens.

Les Darumiens croient ainsi obéir à la volonté divine. Selon eux, les enfants qui meurent à la suite de tels traitements n'auraient pas survécu bien longtemps de toute manière. Donc, en abrégeant leur courte mais difficile existence, ils croient prêter main-forte à la volonté divine.

La C.P. a souvent tenté de convaincre les Darumiens que, dans l'excellence actuelle des sciences et techniques médicales, de la microbiologie et de toutes les méthodes de prévention des maladies comme l'antivirogénèse, il est inutile et même criminel de poursuivre ces rituels ; mais les Darumiens sont très attachés à leurs valeurs et leurs traditions, et ils sont particulièrement entêtés.

Pour répondre à l'ultimatum de la C.P., ils ont produit un document épais comme ça, prouvant par A+B la valeur eugénique de leurs rituels. L'essentiel de leur thèse se fonde sur les conséquences génétiques à plus ou moins long terme des croisements entre individus sains et individus tarés. Ainsi, selon cette thèse, s'ils permettaient à tous ceux qui naissent de survivre et de se reproduire, il suffirait de quelques générations pour que l'espèce humaine disparaisse sur Daruma.

Les Darumiens ne s'étaient d'ailleurs pas gênés pour rappeler à la Communauté et à tout le Monde libre que nombre d'autres planètes ont agi et continuent d'agir de façon tout aussi létale envers leur progéniture. Ils citèrent en exemple le nom des nombreuses planètes qui n'hésitent pas, sur simple demande, à tuer in utero. Quel que soit le nom donné à cette coutume, l'acte et son résultat demeurent les mêmes.

En attendant que la Communauté ait fini d'analyser leur rapport et de digérer leurs critiques, les Darumiens persistent dans leurs habitudes. Mais, même sur Daruma, entre le respect de la règle sur le contrôle de la viabilité des nourrissons et la réalité, il y a un gouffre que beaucoup d'entre eux comblent de ruses et de vaccins. Si le nombre des enfants qui meurent à la suite des divers rituels diminue d'année en année, ce n'est pas uniquement, comme certains voudraient le croire, parce que la race se fortifie ; mais aussi parce que les Darumiens font de plus en plus vacciner leurs enfants contre les principales maladies néonatales et infantiles.

Ces vaccinations sont pourtant toujours aussi mal vues par les bien-pensants de la planète. De sorte que les parents porteurs de gènes jugés déficients sont étroitement surveillés pendant la période périnatale surtout, mais tout au long de l'enfance de leur progéniture. En grandissant, leurs enfants doivent supporter le manque de confiance en leur valeur, le peu de cas que l'on fait d'eux ou l'intransigeance que l'on montre à leur égard. Et pour eux, un enfant à moitié terrien était presque bon à jeter.

Si Daria Indarsh ne partage pas complètement les vues eugéniques de ces concitoyens, elle n'admet pas davantage les méthodes déloyales et fallacieuses employées pour contourner les règles. Puriste, elle préfère essayer de les changer lorsqu'elles sont contestables et de les éliminer lorsqu'elles sont dépassées.

Ainsi muni de ses seuls anticorps, le jeune Greg frôla plus d'une fois la mort pendant ses premières années d'existence. Ses victoires sur la maladie lui permirent de devenir plus fort et d'acquérir une farouche détermination de vivre et la volonté de devenir chaque jour meilleur. Sa condition de métis ne lui facilita pas non plus la vie : les jeunes de son âge se moquaient de lui et ses aînés lui réservaient les pires conditions pour toutes les nombreuses étapes initiatiques de la vie des enfants darumiens.

Sa mère l'encourageait à faire de son mieux. Elle tenait à prouver à tout Daruma que son seul fils n'était pas un avorton. Inlassablement, elle le poussait à accomplir les exercices qui le renforceraient, tant sur le plan physique que spirituel. Elle veillait aussi à ne le nourrir que d'aliments sains. Ils furent récompensés de leurs efforts, car à dix ans, le petit Greg (petit pour un Darumien, mais plus grand que la majorité des Terriens du même âge) reçut la clef du Mérite darumien, décernée chaque année à l'enfant de cet âge qui a fait preuve, plus que tout autre, des vertus éminemment admirées sur cette planète : la détermination, le courage et le dévouement.

Daria Indarsh, comme elle l'avait convenu avec Gregory Tchekhov, son amant terrien et le père de son enfant, envoya le petit Greg poursuivre sa formation sur Terre. Si elle pensait que Greg pourrait survivre aux virus et microbes terriens, pour lesquels il n'avait aucune défense immunitaire, elle craignait fort que la Terre, planète sybarite, ne finît par faire sombrer son enfant, son chef-d'œuvre, dans l'indolence générale. C'était sans compter sur les nombreuses qualités de l'enfant. Ayant survécu à Daruma, il survivrait bien à la Terre !

Pourtant, l'enfant eut du mal à s'adapter à notre belle planète. La facilité de la vie lui causait une difficulté supplémentaire. Son père, lui semblait-il, n'était qu'un mollasson uniquement désireux de trouver son plaisir en toute chose. Et les jeunes de son âge ne lui semblaient guère que des bébés attardés.

Il était sur Terre depuis trois semaines lorsqu'une fillette, de la même classe que Greg, s'étant montrée fort turbulente toute la journée, son professeur lui en avait fait la remarque. La jeune fille avait répondu de manière très impolie. Greg s'était alors levé de son siège et était allé gifler la fillette en lui disant :

— On ne parle pas comme ça à une maîtresse. Excuse-toi.

Fier de lui, il s'était tourné vers son institutrice, certain de recevoir des félicitations pour son grand sens du devoir et ses efforts pour corriger le comportement de sa camarade de classe ; mais il n'avait lu sur tous les visages que surprise et incompréhension. Déboussolé, il retenait difficilement ses larmes, lorsque son professeur l'appela au centre du groupe. Tête basse, l'enfant faisait peine à voir. L'institutrice lui releva la tête du bout des doigts et lui recommanda :

— Je sais que, pour toi, la vie sur Terre est pleine de surprises et que tu dois souvent croire que l'attitude des gens est illogique et même parfois inadmissible. Vois-tu, personne n'attend de toi que tu montres aux autres ce qu'ils doivent faire, mais que tu fasses de ton mieux pour t'adapter à notre mode de vie. Connais-tu ce proverbe terrien : « Si tu vas à Rome, agis en Romain » ?

— Ségulaï, sur Daruma, a dit la même chose, Madame. Il ne s'agissait pas de Rome, mais le sens était le même, répondit courageusement l'enfant.

— Un proverbe de ce genre doit exister sur toutes les planètes du Monde libre. Ce qui prouve sa justesse, assura l'institutrice.

— Me permettez-vous de vous corriger ? demanda Greg en rougissant.

L'institutrice sourit, ce qui le ragaillardit un peu.

— Vas-y, lui permit-elle.

— Le fait que beaucoup de gens croient une idée vraie ne prouve pas qu'elle l'est. Pas davantage que si un seul y croyait. En général, ce que croit un seul sage vaut mieux que les croyances de milliers d'ignorants.

— Fort juste. Je te remercie, jeune homme, pour cette leçon.

L'enfant conçut alors beaucoup de respect pour cette Terrienne qui, malgré la douceur lénifiante de la vie sur Terre, savait faire preuve d'humilité et reconnaître ses erreurs. Depuis son arrivée sur Terre, il en avait connu très peu comme elle. Seul son père… Mais, jusqu'ici, il avait cru que la simplicité avec laquelle Gregory reconnaissait ses torts était plutôt due à sa bonhomie qu'à son humilité ou à son courage. Greg se promit que désormais, il essaierait de mieux comprendre ceux qu'il rencontrerait, à commencer par son père.

— Tu peux retourner à ta place maintenant, lui avait dit son professeur.

S'arrêtant aux côtés de la fillette qu'il avait giflée, celle-ci eut un mouvement de recul, de crainte d'une nouvelle agression.

— S'il te plaît, voudrais-tu m'excuser de t'avoir giflée ?

Comme la fillette ne répondait pas, Greg ne savait que faire ou dire. Il cherche l'aide de son institutrice en tournant le regard vers elle. Celle-ci demanda à la jeune fille :

— Helena. Pourquoi ne dis-tu pas à Greg que tu lui pardonnes ?

Helena, boudeuse, gardait le silence.

— Ça va, Greg. Tu as fait ce qu'il fallait. Tu peux retourner t'asseoir.

La conduite d'Helena demeura longtemps un mystère pour Greg. Toutefois, ce qu'il venait de vivre marqua le début d'une métamorphose intérieure : il commença à devenir un Terrien.

« Avant l'avènement du gouvernement planétaire, l'incapacité des Terriens à en venir à des accords solides sur tout problème international avait entraîné la disparition de nombreuses espèces végétales et animales. Les lacs, les cours d'eau, même les océans et le ciel étaient devenus chauds et pollués jusqu'à l'intolérable. Toutes sortes de maux étaient apparues : des maladies résistant à tous les remèdes qu'on leur inventait. Des cataclysmes consécutifs à divers désordres écologiques occasionnèrent aussi plus de morts que les guerres qui sévissaient encore un peu partout. Mais avant que la situation ne devienne irrémédiable pour toute forme de vie sur Terre, l'Homme dit : « C'est assez ! ». Le miracle, inespéré comme tout miracle, se produisit : un gouvernement international naquit. »

C'est ainsi que Gregory racontait sa chère planète à son fils. Il l'amenait admirer ses forêts encore luxuriantes, ses mers et ses cieux si purs et si bleus, ses gens si simples et si beaux. La formation philosophique de Gregory n'en faisait pas un historien de premier ordre, mais elle l'aidait à trouver ce qui pouvait émouvoir l'enfant et lui permettre d'aimer cette part d'humanité qu'il lui avait donnée.

Lorsqu'il voyait les larmes monter aux yeux de son fils devant la splendeur d'un paysage ou la gentillesse des gens, Gregory comprenait que son fils était bien son héritier, qu'il avait reçu de lui sa sensibilité et l'amour du beau et du vrai.

Grâce à l'aide de son père, de ses professeurs, de ses nouveaux amis et de l'Informateur, Greg, à treize ans, avait rattrapé son retard en matière de culture terrienne et même, à bien des égards, il avait dépassé la plupart des jeunes Terriens de son âge.

Connaissant dorénavant les us et coutumes terriens, Greg Arsh commença à devenir le maître à penser des jeunes qu'il côtoyait. Il avait peu de vrais amis, mais ceux-ci savaient qu'ils pourraient toujours compter sur lui dans les mauvais moments.

La perte de son père, alors qu'il avait quinze ans, fut déterminante pour son avenir. N'ayant plus, sur cette Terre, aucun parent désireux de peaufiner son éducation, se sentant abandonné, il commença par vivre une période de vagabondage, allant demeurer chez tel ou tel ami, chez des connaissances de son père, puis chez son sensei, jusqu'à ce que plusieurs mois plus tard, on l'avertît que, si personne ne prenait officiellement charge de lui, il devrait retourner sur Daruma.

Il ne le souhaitait pas. La Terre était devenue SA planète. Elle était le seul merveilleux héritage laissé par l'homme qui, dans l'univers infini, avait le plus marqué sa jeune existence : son père. Greg n'en avait pas fini de cette planète ! Il avait la certitude que s'il n'était toujours pas comme tout le monde ici, sa différence pouvait lui être un atout précieux. Il avait quelque chose à donner en échange de ce que la Terre lui avait apporté, et il était déterminé à le lui donner.

Il alla frapper à la porte du grand maître d'Éden et lui demanda l'autorisation exceptionnelle d'être admis à quinze ans et huit mois. Le grand maître était, en fait, une maîtresse. Âgée de quatre-vingt-quatre ans, elle en avait vu d'autres. Chaque année, des centaines de jeunes demandaient, comme Greg, à être initiés avant l'heure. S'il fallait accepter une telle demande, juste parce qu'il était orphelin, Éden deviendrait vite un orphelinat. Il n'en était donc nullement question.

Arsh découvrit où demeurait la grande dame. Il alla camper devant sa porte. Sans tente, sans couverture, même sans bulle-parapluie et n'ayant pour tout bagage que les vêtements usés qu'il portait et la carte débit-crédit qu'il avait en poche (son compte était presque à sec), il passait ses jours debout à côté du seuil et ses nuits, couché au même endroit. Il ne s'en éloignait que de très brèves périodes pour aller boire, manger une bouchée et satisfaire d'autres impérieux besoins.

Harassée, Mzimba Zulu, lui fit passer le seuil de sa demeure dans le but unique et ferme de lui faire comprendre qu'il n'obtiendrait rien ainsi. Au contraire, elle savait maintenant à qui elle avait affaire : elle avait parlé à Daria Indarsh et s'était entendue avec elle pour lui retourner immédiatement son fils. On ne peut tout de même pas vivre seul à quinze ans et passer ses jours et ses nuits par tout temps dehors, sans même un manteau pour se protéger du froid.

L'adolescent entra chez dame Zulu. Madame Butterfly enveloppait la maison de sa splendeur musicale et vocale. L'adolescent leva la tête vers la source de la musique et sourit. C'était l'un des opéras préférés de son père. Il dit :

— Vous êtes la plus jolie de toutes les grandes maîtresses de la Communauté que je connaisse !

C'était la plus stricte vérité, puisqu'il n'en connaissait aucune autre. Malgré son grand âge, Mzimba était pleine de vitalité et sa vaste expérience transparaissait dans la sérénité qui irradiait d'elle.

— N'essaie pas de me charmer, mon garçon. Tu n'es pas le premier à t'y risquer. Et qui s'y frotte, s'y pique ! glapit-elle, avec son air le plus sévère.

— Je vous prie humblement de m'excuser, Madame, si je vous ai mise en colère, mais mes intentions étaient pures.

Le ton de cette déclaration était tel que Mzimba ne put faire autrement que d'y croire. L'adolescent, debout devant elle, la regardait droit dans les yeux et son expression était terriblement résolue.

Dans sa vie, elle n'avait vu une telle détermination que chez des gens bien plus âgés ou ayant beaucoup souffert. Mais, celui-ci était si jeune ! Et il demeurait là, attendant patiemment qu'elle en ait fini de ses souvenirs et de ses réflexions, sans dire un mot. À croire qu'il aurait pu attendre ainsi pendant des siècles. Quand on pense que les Darumiens peuvent vivre jusqu'à trois cents ans.

— On apprend la patience sur Daruma, Dame Zulu, affirma avec un peu trop d'à-propos le jeune homme.

Mzimba savait que, sur Daruma, il y avait de vrais télépathes. Sur Terre, les seuls cas de télépathie connus et vérifiés pouvaient se compter sur les doigts d'une seule main. Et encore, ne parvenaient-ils qu'à de vagues contacts mentaux sans précision aucune. Alors qu'elle allait demander à l'adolescent s'il était télépathe, il répondit :

— *Oui, madame, je le suis.*

Il répéta ensuite mot pour mot ce qu'elle venait de penser au sujet de la détermination qu'elle avait cru lire en lui et du petit nombre de télépathes terriens. Rien que la mémoire que cela dénotait impressionnait la grande dame. La plupart des jeunes de cet âge pratiquent si peu cette faculté qu'ils ne sauraient répéter dix mots de suite correctement.

— *Je ne suis pas la plupart des jeunes, madame,* lui aurait-il assuré télépathiquement.

— Je veux bien vous croire, jeune homme, mais si vous pensez que cela suffira à vous faire admettre à Éden…

— Permettez-moi, madame.

— Quoi ? répondit-elle impatiemment.

— Avez-vous une idée de ce pourrait apporter à Éden et à toute la C.P. un maître avec mes talents *de télépathe* ?

— Que gagnerais-je de plus en vous admettant immédiatement ? Un peu plus de deux ans de vos « extraordinaires facultés », répondit-elle, moqueuse, à sa question en partie orale et en partie télépathique. Je ne perdrai pas grand-chose en vous envoyant vivre deux années sur Daruma.

— Quelle que soit votre décision, j'y obéirai sans discuter. Mais, me permettrez-vous de défendre encore ma cause ?

— Pourquoi le ferais-je, puisque ma décision est prise ? Un astronef vous attend dans la cour. Allez-y sur-le-champ.

La grande maîtresse s'attendait à voir l'adolescent discuter, se rebeller, mais il se contenta de la remercier de son accueil chez elle et de l'avoir écouté. Il suivit docilement le serviteur de Mzimba, qui le mena à l'astronef.

Par son communicateur, Mzimba voulut faire ses meilleurs souhaits de voyage au jeune homme, mais lorsqu'elle le vit sur son écran tridi, elle comprit qu'il s'était déjà mis en transe. Les Darumiens agissent parfois de la sorte lorsqu'ils veulent s'extraire d'une réalité qui leur est trop pénible et qui les ferait trop souffrir ou pour reprendre des forces pendant un long voyage. Laquelle de ces deux raisons avait motivé cette rapide évasion mentale ?

Elle ordonna au pilote et au mécanicien de transporter l'adolescent chez elle. Au moins, écouterait-elle ce qu'il avait voulu lui dire. Ensuite, elle verrait bien quelle conduite il valait mieux adopter.

Arsh mit douze heures à revenir à lui : durée exacte du voyage jusqu'à Daruma. Lorsqu'il ouvrit les yeux et vit où il se trouvait, la joie illumina son visage et il la remercia de l'avoir ramené chez elle.

— Ne vous réjouissez pas trop vite. Je n'ai pas encore donné mon consentement, furent les paroles avec lesquelles dame Mzimba accueillit ses remerciements.

Il sourit encore davantage. Décidément, cette dame Zulu lui plaisait beaucoup. Après un copieux repas, accompagné des musiques les plus raffinées de la Terre, elle l'invita dans son bureau. Arsh comprit que l'affaire devenait des plus sérieuses, plus officielle et qu'il ne devrait surtout pas commettre d'erreurs, s'il ne voulait pas faire face à un refus, définitif cette fois-ci.

Toujours debout devant elle, il attendait qu'elle prenne la parole.

— Quel étrange jeune homme vous faites ! Et, croyez-moi, j'en ai vu de toutes sortes pendant mes longues années à la tête de ce collège et même avant. Vous vouliez défendre votre cause, faites-le, mais soyez concis. Je n'ai pas que ça à faire, ordonna-t-elle.

— Vous savez, madame, quel genre de vie mènent les jeunes sur Daruma ? Croyez que je ne cherche pas votre pitié si je vous dis que la vie y a été encore plus dure pour moi, un bâtard dont le père était terrien. On ne m'y acceptait guère. Quand je suis arrivé ici, j'ai été choqué par la facilité de votre vie et, en particulier, de celle des jeunes. Si j'ai eu du mal à m'adapter au début, ce n'était pas seulement à cause des différences de mentalité entre mes nouveaux camarades et moi, mais aussi parce que j'étais émotionnellement plus âgée qu'eux de plusieurs années. Aujourd'hui, je me sais plus mature que la plupart d'entre eux ne le seront à vingt ans.

— Facile à dire !

— Et à prouver, madame. Je ne demande rien d'autre que de vous en donner la preuve. Demandez au plus sévère de vos maîtres de me tester. Si je ne suis pas prêt à devenir l'un des vôtres, vous le saurez bien assez vite.

— Le plus sévère, n'est-ce pas ?

L'adolescent lui sourit de nouveau.

— Votre confiance en vous-même frôle l'arrogance, jeune homme ! Mais puisque vous voulez le plus sévère des maîtres, vous l'aurez.

— Merci, madame !

Dame Zulu initia elle-même l'adolescent en se faisant assister de ses jeunes maîtres les plus exigeants. Greg Arsh devint le premier et le seul à avoir été admis avant d'avoir quinze ans. Dans ses dossiers personnels sur ses élèves, la grande maîtresse avait indiqué :

« Sujet exceptionnel. À surveiller étroitement. Dieu seul sait où ce diable d'enfant pourrait nous mener s'il le voulait. »

~.~.~

Normalement, les cours à Éden durent de trois à cinq ans, selon les spécialités choisies. Pendant les cinq années qui suivirent, Greg Arsh apprit tout ce que ce collège pouvait lui montrer. Il acquit, par-dessus le marché, une incroyable somme de connaissances qu'il avait recueillies lui-même de l'Informateur universel et de Pierce, l'IA générale d'Éden, sur des sujets divers, mais qui toutes pourraient lui servir ainsi qu'aux autres étudiants dans leurs futures tâches de maîtres de la C.P. Avec toutes ces informations, il avait créé une base de données personnelle. Parfois, tout ce savoir accumulé effrayait Mzimba : elle se demandait à quel mystérieux usage, il le destinait.

Un jour, elle lui demanda ce qu'il ferait si elle exigeait qu'il détruisît tout. Il lui avait répondu :

— Je vous obéirais, Dame Mzimba. Vous le savez bien. Et je recommencerais tout depuis le début. Mais, quelle incroyable perte de temps ! De toute façon, je sais bien que vous n'en ferez rien.

Ce jour-là, il la pria de lui faire subir l'épreuve de nomination, celle que les jeunes appellent la grande épreuve, qui lui permettrait d'acquérir la marque de la double étoile, celle des maîtres.

Depuis cinq ans, Mzimba avait non seulement surveillé son élève, mais l'avait aussi testé, exigeant de lui les tâches les plus ingrates, les plus dures et les plus épuisantes. Apparemment, rien ne le rebutait. Il effectuait tout avec la même belle humeur et une égale perfection.

Mzimba l'avait même un jour sciemment privé du juste fruit d'un long et dur labeur. Elle avait inscrit comme auteur de l'excellent travail fourni par Arsh le nom d'une assistante du jeune homme dans ce travail. Greg savait que seule Mzimba pouvait avoir l'autorité et l'audace de perpétrer pareille injustice.

Lorsqu'il s'était ce jour-là annoncé à l'entrée du bureau de la grande maîtresse, elle s'était empressée de lui ouvrir. Il s'était avancé jusque devant son bureau et s'y était tenu très droit, comme un soldat d'opérette. Mzimba le connaissait assez maintenant pour savoir qu'il attendrait qu'elle parle la première ou qu'elle l'autorise à parler.

— Oui. Que veux-tu ?

— Rien, madame, sinon vous remercier.

— Me remercier ? Mais grand Dieu, de quoi ?

— De la leçon d'humilité et de courage que vous venez de me donner.

— Je te prive matériellement et intellectuellement du résultat de plusieurs mois de pénible travail et tu me remercies ! dit-elle, sincèrement surprise.

— Madame, sur Daruma, on dit que seule notre âme nous appartient vraiment, que même notre corps n'est qu'un véhicule emprunté. De plus, la vie ne se gêne pas, elle, pour nous priver de tout, même injustement. N'est-il pas naturel, pour le grand maître d'un collège aussi important que celui-ci, d'enseigner à ses élèves à affronter une telle difficulté ?

— Hum ! fit Mzimba, songeuse.

— Sincèrement, je préfère l'avoir appris de vous, de cette manière, que de la vie. Qui sait quand une telle tuile peut vous tomber sur la tête ? Au moins, je sais à quoi m'en tenir sur ce qui s'est passé et ce qui adviendra de mes travaux, ce qui ne serait sans doute pas le cas si ça s'était produit en d'autres circonstances. De toute façon, ce qui compte vraiment pour moi, c'est que mon travail soit utile, pas qu'on me décore pour l'avoir fait.

— Cela ne te touche donc pas plus que ça ?

— Des deux dernières heures, j'ai passé la première à me défouler sur un sac de sable et la seconde à me préparer mentalement à vous rencontrer.

— Oh !

Elle imaginait toute la force darumienne contenue dans ce jeune corps en parfaite condition physique multipliée par dix en raison de la colère. Elle préférait qu'il se soit défoulé sur un sac de sable que sur elle.

— Jamais je n'oserais vous frapper, ma belle dame Mzimba, fit-il, charmeur.

Quand il s'adressait à elle de cette façon, Mzimba se revoyait à vingt ans, séduite par un jeune maître et prête à tout laisser tomber pour se jeter dans ses bras et le suivre dans les plus folles aventures.

Maintenant que Greg voulait subir l'épreuve de nomination, elle se sentait presque aussi effrayée qu'elle l'était à vingt-trois ans avant sa toute première mission. En aurait-elle la force ? Une telle épreuve peut durer jusqu'à deux ans. On pouvait sûrement diviser ce nombre par deux avec Greg, mais un an, c'est très long pour une femme de son âge. Pour qui serait-ce le plus dur ? L'épreuve exige souvent davantage des maîtres initiateurs que des élèves. Pouvait-elle avoir assez confiance en ses jeunes maîtres pour le remettre entre leurs mains ? Après tout, elle n'était pas seule ; elle saurait bien se faire assister dans sa tâche. Elle accepta donc de lui faire subir elle-même la grande épreuve.

Six mois plus tard, tout était terminé : Greg Arsh était sacré maître de la C.P. Il s'était montré égal à lui-même : charmant, brave, généreux, extrêmement généreux de son énergie, de son intelligence et de son amour. Ces six mois comptaient parmi les plus heureux de la longue vie de Mzimba.

Non, dame Zulu et lui n'étaient pas devenus amants. Le jeune homme s'était effectivement donné à elle, mais en offrant le meilleur de sa personne dans chacun de ses actes, chacune de ses paroles et même de ses pensées. Mzimba n'était pas télépathe, mais disposait de tout le savoir moderne pour obtenir la vérité, celle que chacun garde au plus profond de lui-même. Il ne pouvait pas tricher.

L'année suivante, juste avant qu'elle ne meure, Mzimba eut la chance de voir son élève revenir d'Achantis, alors en rébellion contre le Monde libre et la Communauté, avec la signature des chefs de cette planète au bas d'un traité de paix et de collaboration. Ce traité, remis entre les mains d'un jeune homme d'à peine vingt et un ans, était devenu pour tous, le « Traité de paix Arsh ».

On porta le jeune homme aux nues. Partout, on voulait le voir, sinon en personne, du moins à la tridi. Il n'accorda qu'une seule brève entrevue à la tridi d'État, puis retourna à Éden faire ses derniers adieux à Mzimba, mourante.

— Vous ne me ferez pas ça, hein ? Vous ne me ferez pas le sale coup de mourir alors que j'étais si heureux ? dit péniblement Arsh, les larmes aux yeux.

— Comme l'un de mes grands amis l'a si bien dit un jour : « On ne sait jamais quand une telle tuile va vous tomber sur la tête ».

Ces quelques paroles l'ayant visiblement épuisée, il se contenta de demeurer en contact télépathique avec elle. Mzimba Zulu mourut en emportant dans le désintégrateur les paroles de Greg selon lesquelles il avait affirmé être télépathe. À nul autre Terrien, à l'exception de son père, il n'avait reconnu posséder ce don qui n'aurait été qu'à l'état embryonnaire lorsqu'il avait quitté Daruma ; l'apparition de cette faculté étant souvent plus tardive chez les meilleurs télépathes. À l'avenir, quand on l'interrogeait à ce sujet, il ne nierait ni n'affirmerait, du moins oralement, le posséder. Ainsi, le doute demeurerait toujours.

La mort de Mzimba déclencha un gigantesque orage dans le cerveau de Greg. Elle avait été une grand-mère et un guide pour lui. Son souvenir demeurerait gravé dans sa mémoire aussi longtemps qu'il vivrait, dut-il vivre trois cents ans.

Comme quoi la clarté du jour suit la noirceur de la nuit, une nouvelle maîtresse fut nommée à la tête d'Éden. Elle n'avait que trente et un ans et était blonde comme les blés au soleil. Il en tomba follement amoureux. Leur idylle dura quatre ans, jusqu'au départ de la jeune femme sur une planète éloignée. Longtemps, Arsh n'aurait plus connu que des amours passagers.

À vingt-six ans, il fut nommé coordonnateur des épreuves (d'admission ou initiatique, d'assignement ou de nomination et de rappel ou de perfectionnement). Le test de nomination est nommé « grande épreuve » par les élèves en raison de son importance et de sa durée. Par cette nomination, l'édifice que les jeunes nomment l'Enfer, devint l'antre de ce grand démon d'Éden. Le seul moment où il n'y est pas le maître incontesté est lorsqu'il doit lui-même subir ses rappels. Le Conseil confie alors la responsabilité de le tester à quelques-uns de ses membres.

Aujourd'hui, à cinquante-huit ans, il s'est lié d'amitié avec quelques personnalités, dont Shaddaï Mestari, le Grand Maître de toute la Communauté : le seul maître à posséder la marque de la triple étoile.

Ce dernier ainsi que beaucoup de hauts responsables de la Communauté recourent fréquemment aux élèves d'Arsh lorsqu'ils ont besoin d'un émissaire pour remplir efficacement une mission particulièrement difficile ou très dangereuse. Ils savent, sans avoir à consulter les statistiques qui le démontrent, que ceux-ci ont un taux de réussite inégalé dans toute la C.P. et qu'ils obtiennent des résultats supérieurs.

S'il le voulait, Arsh n'aurait qu'à le demander pour que toutes les portes s'ouvrent devant lui. Certains même pensent qu'il serait le candidat tout désigné pour remplacer le Grand Maître actuel. Mais, il préfère demeurer à Éden. Certains ne comprennent pas très bien pourquoi.

Chapitre 3

Je me rappelle une émission de tridi vieille de quatre ans qui m'a beaucoup marqué. On y présentait la dernière volontaire sur le point de partir pour la planète Hadès afin d'y être décérébrée. Il s'agissait d'une élève de Greg Arsh : Frances Herbert.

— C'est la dernière de mes élèves que j'envoie se faire charcuter par les Hadésiens. Qu'ils se le tiennent pour dit ! Je crois que la C.P. a tort de jouer le jeu du gouvernement d'Hadès, avait déclaré Arsh à l'animatrice.

— Mais, Maître Arsh, si l'on ne remplace pas le cerveau moribond de l'ordinateur humain d'Hadès par celui d'un ou d'une volontaire, les cent quatre-vingt-dix-neuf autres qui en font partie mourront !

— Le gouvernement d'Hadès devra aller chercher ailleurs sa chair à pâté.

— Vous savez pourtant à quel point il est difficile de trouver des volontaires pour ce sacrifice ! Même lorsqu'on en trouve, le raccord à la machine échoue souvent en raison du doute et de la peur qu'ils éprouvent. Rares sont ceux qui, comme vos élèves, montrent assez de courage et de détermination pour assurer...

Arsh l'avait brusquement interrompue pour riposter :

— Je crois justement que mes élèves se sont assez sacrifiés. Il est inadmissible que la C.P. ne soit pas intervenue plus tôt pour empêcher ou, tout au moins, surveiller de plus près la monstrueuse expérience hadésienne. Envoyer des cerveaux sur Hadès constitue un encouragement auquel je ne souscrirai plus désormais.

Arsh avait expliqué ses doutes au sujet de l'expérience hadésienne.

— Je peux comprendre qu'une planète qui a connu une guerre interplanétaire contre les machines, guerre qui a failli anéantir toute trace de vie sur leur planète, puisse ne plus vouloir utiliser quoi que ce soit ressemblant à une machine. Mais, que ses dirigeants veuillent maintenant rattraper le retard technologique en décérébrant des êtres vivants intelligents est immoral et scandaleux.

Après quoi, l'animatrice avait interrogé la jeune volontaire.

— Et vous Frances, comment en êtes-vous venue à accepter d'être envoyée sur Hadès ?

— Lorsque le maître m'a parlé de ce qui se passe sur cette planète, j'ai pensé : « j'espère qu'il me parle de cela uniquement pour me faire la conversation et qu'il ne me demandera pas d'y aller. » Puis, après m'avoir dépeint, avec la plus atroce précision, ce que l'on éprouve dans cette « machine », il m'a dit : « Tu es libre d'accepter ou de refuser ». J'ai eu alors envie de hurler que jamais je n'irais ! avait répondu Frances.

— Qu'est-ce qui vous a fait changer d'avis ?

— Plusieurs raisons. Avant tout, la description que m'avait faite le maître de ce que ressentent les gens dans cette affreuse machine. Ma conception de ce que doit être un maître a aussi été déterminante. Et finalement, mon amitié pour maître Arsh.

— La souffrance physique et psychologique éprouvée dans le bain vous a convaincu d'aller vous y tremper ? !

— Je sais que cela peut paraître contradictoire, mais oui. Quand je pensais à ces gens et que je me mettais à leur place, je me disais : « comme ils doivent espérer que quelqu'un vienne les remplacer et qu'on les sorte enfin de là ! » La tâche d'un maître n'est-elle pas de secourir ceux qui en ont le plus besoin ? Maître Arsh m'a dit un jour : « Être sacré maître, c'est devenir le serviteur des serviteurs, celui à qui tous peuvent demander assistance et qui ne peut pas la leur refuser, parce que c'est justement sa véritable fonction. » Quelquefois, par le passé, en pensant à lui, je me disais : « Demandez-moi tout ce que vous voulez, mon grand ami. » Et au moment où il me proposait de faire ce pour quoi il forme tous ses élèves, ce pour quoi je me préparais depuis des années, je voulais refuser ! Mon refus n'aurait qu'une signification : j'étais prête pour ma propre sauvegarde à renier tout ce à quoi j'avais cru et continue de croire. J'ai toujours voulu devenir un maître de la Communauté ; l'occasion m'était offerte de montrer que j'étais digne de le devenir. Après avoir réfléchi, je suis retournée le voir pour lui dire que j'acceptais.

— Pendant ce temps, on a fait une autre tentative de transplantation sur Hadès et elle a échoué. Le saviez-vous ?

— Oui, avait répondu Frances en grimaçant.

— Ce nouvel échec ne vous effraie pas ?

— J'espère avoir le courage qu'il me faudra le moment venu, parce que, si j'en crois ce qu'on dit, la peur est l'une des principales causes d'échec là-bas.

— C'est vrai. Maître, pouvez-vous lui garantir qu'un autre volontaire pourra bientôt la remplacer ?

— Les Hadésiens refusent tout remplacement autre que celui des cerveaux morts ou moribonds ; aussi, je ne lui garantis rien. Je veux au contraire qu'elle considère qu'elle n'en reviendra jamais.

— Ne trouvez-vous pas, Frances, qu'il vous demande trop et vous offre trop peu, qu'il cherche à se débarrasser de vous ?

Frances avait alors tourné les yeux vers Arsh et, les lèvres frémissantes, avait répondu :

— Qu'il me demande ce qu'il voudra. Peut-être acceptera-t-il alors de me considérer comme un maître et comme son amie. Mais si, malgré mon sacrifice, il m'en croit toujours indigne… je serai comblée.

Le silence dura de longues secondes pendant lesquelles, je l'aurais juré, Arsh et Frances avaient communiqué en pensée : un fluide immatériel voyageait entre ces deux-là.

— Maître Arsh, serait-ce que vous avez refusé de sacrer maître cette jeune femme qui risque de finir sa vie de la plus horrible façon ?

— Oui.

— Pourquoi ?

— Mais, parce qu'elle ne le mérite pas, voyons ! avait répondu Arsh en regardant Frances avec une expression taquine.

L'animatrice avait tourné une tête hébétée vers Frances puis vers Arsh, comme quelqu'un qui se serait retrouvé perdu sans traducteur en terre étrangère et au milieu de gens parlant une langue inconnue.

Alors, Frances, à la surprise de tous, s'était levée et dirigée vers Arsh. S'étant arrêtée à son côté, elle avait tendu vers lui ses deux bras dont les poignets étaient posés l'un sur l'autre. Arsh, scrutant le visage de la jeune femme, lui avait dit :

— Qu'espères-tu ? Que je te donne ma bénédiction ? Un don est censé être gratuit ; c'est dans l'ordre des choses qu'il en soit ainsi. Alors, ne me demande rien.

— Oui, je comprends, Maître. Merci !

Sur le beau visage de la jeune femme se lisait de la tristesse mêlée de bonheur.

J'avais bien revu ensuite cette émission six ou sept fois. Même quand je ne la regardais pas, la projection continuait dans ma tête, des flash-backs, des visions fugitives du visage de Frances expliquant sa version de ce que signifie la maîtrise m'assaillaient sans arrêt. J'essayais de comprendre, de tout comprendre, mais je n'y arrivais pas.

Par Shaddaï ! Parmi les milliers de jeunes qui sortent chaque année d'Éden et les dizaines de milliers qui sortent des collèges de la C.P. sur les autres planètes, il ne doit pas y en avoir plus d'une centaine qui pense et agit comme Frances et Arsh. À la fin de leur formation, la plupart des étudiants trouvent un petit boulot sympa qu'ils conservent jusqu'à ce qu'ils grimpent dans l'échelle sociale et en trouvent un autre où ils peuvent se la couler encore plus douce, sans prendre le moindre risque.

« Peut-être acceptera-t-il alors de me considérer comme un maître et comme son amie. Mais si, malgré mon sacrifice, il m'en croit toujours indigne… je serai comblée. »

« Je serai comblée… comblée… comblée… »

Ce sont surtout ces mots qui revenaient le plus souvent me harceler, ces mots que je n'arrivais pas à comprendre.

Quelques jours plus tard, on avait annoncé que le raccord du cerveau de Frances avait été une totale réussite. Un an plus tard, presque jour pour jour, nous apprenions que Frances était morte, de même que cinq autres volontaires de la machine hadésienne, tous des élèves de la Communauté des planètes.

Même si l'on ne pouvait pas encore prouver le meurtre, j'étais certain que les Hadésiens les avaient tués pour se venger de l'intervention de la Communauté qui, grâce à Frances et aux appareils bios qu'on lui avait implantés, était parvenue à en apprendre assez sur leur expérience pour les obliger à y mettre un terme. Il y avait eu tellement de morts « naturelles » dans toute cette horrible affaire !

Quand je repensais à tout ça, j'en avais mal à la tête et au cœur. Pourtant, c'est en voyant un reportage rappelant ces événements que j'ai décidé de transmettre mon formulaire d'inscription à Éden. Et à la question « Quel(s) maître(s) choisissez-vous ? », j'ai répondu « Greg Arsh » deux fois de suite. Je n'arrive toujours pas à le comprendre.

~.~.~

Il y a trois mois, j'ai reçu une réponse positive à ma demande d'inscription à Éden. Je venais d'avoir quatorze ans quand je l'ai transmise. J'ai eu dix-huit ans il y a un mois.

Que s'est-il passé en moi quand j'ai obtenu cette réponse ? Depuis, je n'ai cessé d'essayer de plaire à mes parents et de faire plaisir à mes amis, même aux voisins que je connaissais à peine. À croire que je m'attends à ne pas sortir vivant de cette maudite épreuve initiatique.

J'ai fait de l'ordre autour de moi et en moi. S'il reste encore quelques zones obscures au fond de ma conscience, c'est qu'il m'est impossible d'y changer quelque chose. Sauf à seize ans, pendant les quelques mois de ma relation amoureuse avec Misha, les années d'intervalle entre l'envoi de ma demande d'inscription et la réception de la réponse ont été assez mouvementées. Je n'ai jamais été un ange ; mais pendant ces quatre années, j'ai connu des périodes de franche malfaisance. Contrairement à ce que j'ai fait ces derniers temps, tout m'était alors prétexte à créer des ennuis au plus grand nombre de gens possible, à certains en particulier.

Mes proches parents et meilleurs amis n'en surent pas grand-chose : ils faisaient partie des privilégiés que j'épargnais. Je ne voulais tout simplement pas que ma malveillance se retourne contre moi. Désirais-je réellement infliger toutes ces souffrances ou bien ai-je eu, comme beaucoup, une adolescence difficile ? L'excuse est vraiment mince, je sais, mais j'en connais plusieurs qui ne valent pas mieux que moi.

Chapitre 4

Le jour de mon rendez-vous à Éden, en Enfer plus précisément, était enfin arrivé. Les copains, qui m'avaient dit qu'ils me conduiraient là-bas quand le moment viendrait, ont tenu leur promesse. Ils ont loué un astronef de poche et nous sommes partis tous les six vers Éden, afin d'arriver un peu à l'avance pour mon fameux rendez-vous.

Avant que je ne sorte les rejoindre, mon père m'a pour la millionième fois demandé :

— Pourquoi diable a-t-il fallu que tu choisisses celui-là ?

Il voulait parler d'Arsh, bien sûr. Je lui ai pour la millionième fois parlé des statistiques qui démontrent que les élèves d'Arsh sont les meilleurs, qu'ils réussissent mieux en mission. Encore plus ému que moi, il a même versé une larme. J'y ai mis un doigt et l'ai posé sur mes lèvres.

— Tu as toujours fait ça, même quand tu étais tout petit, m'a-t-il dit.

Quant à Maman, elle m'a recommandé :

— Fais de ton mieux, mon garçon. Personne au monde ne peut faire plus. Si on te demande davantage, dis-leur que tu ne peux pas.

Depuis ma naissance, elle m'a fait cette recommandation un nombre incalculable de fois. Cela m'a fait sourire. Elle a ajouté, en souriant de son mieux elle aussi :

— Je sais, je sais : tu n'es plus un enfant et nous nous répétons.

J'ai ensuite senti la douceur humide de l'un de ces baisers, un effleurement dont elle a le secret et qui m'inspire depuis toujours un sentiment trouble mêlé de tendresse filiale et de sensualité.

Je les ai serrés très fort dans mes bras, m'emplissant les sens et la mémoire de leur présence.

Après être montés à bord, les copains m'ont demandé où j'avais mis mes bagages. Je leur ai répondu qu'on m'avait informé que je n'aurais besoin de rien.

— On te procurera probablement le nécessaire sur place.

Tout au long du trajet, ils m'ont fait la conversation. J'ai bien essayé de leur répondre brillamment, mais le cœur n'y était pas et mon esprit voguait à contre-courant, vers le passé. À mi-chemin, Dennis m'a donné une petite secousse et m'a assuré :

— Allons ! Tu y arriveras comme si tu avais les pieds dans des bottes d'élan, tu verras.

Je lui ai souri, mais je n'en croyais pas un mot. Ils y sont tous allés de leurs encouragements et de leurs conseils amicaux. Masha a insisté pour que je lui promette de garder mon sens de discernement en alerte parce que :

— On ne sait jamais avec Arsh. Il est capable de te demander de faire des absurdités juste pour voir si tu seras assez bête pour lui obéir.

Les autres ont approuvé. Je ne pouvais nier qu'il pouvait y avoir du vrai là-dedans. Mais je ne dirais pas pourtant que la perspective de devoir toujours rester sur mes gardes me donna confiance.

~.~.~

Maintenant, Éden est devant nous avec ses quatre principaux édifices : celui des festivités et des spectacles, le collège lui-même, la résidence des étudiants et de plusieurs maîtres, et, bien entendu, l'Enfer, qui est l'édifice principal des épreuves. Il y a aussi un plus petit bâtiment épousant la forme d'une pomme géante couchée sur le côté à laquelle on aurait pris deux bouchées. Ce bâtiment comprend, je crois, un restaurant, des salles de danse traditionnelle et à gravité modifiée (réduite ou accentuée), une salle de réception et des salles de jeu. Enfin, un peu à l'écart se trouvent quelques constructions secondaires dont j'ignore l'utilité.

L'ensemble, construit de matériaux recyclés, fonctionne aux énergies solaire, géodésique et béthelienne (cette dernière est dégagée par une pierre nommée béthel que l'on a découverte sur la planète inhabitée Beth).

Son architecture a suscité beaucoup de controverse. On lui reproche surtout ses mélanges culturels de toutes les régions de la Terre et de toutes les époques. Personnellement, je trouve les édifices principaux très beaux, autant que me plaît le résultat des brassages génétiques survenus depuis l'unification planétaire. Pour moi, comme pour ceux qui ont bâti l'ensemble, ces mélanges symbolisent la paix relative, certes, mais réelle que connaît la planète depuis lors.

Il faut dire que les architectes ont veillé à conserver distincte la marque de chacun de ces apports culturels. Tout n'a pas été fusionné dans une homogénéité artificielle. Non. On a utilisé les ressemblances et les différences pour créer une œuvre qui a du caractère. C'est bien ce qui choque certains ; ils auraient souhaité l'assimilation de tous les styles en un magma où toute caractéristique, toute distinction, serait estompée. Mais, cette optique ne correspond pas à l'esprit de la C.P.

Le site aussi est magnifique. Nous nous trouvons dans le thalweg d'un vallon ouvert sur la mer. Tout autour, la végétation touffue s'élève presque jusqu'aux cimes des montagnes, pas très élevées, mais néanmoins couvertes de neige.

En l'air, sur terre, sur et dans l'eau, des jeunes s'amusent à des jeux et à des sports anciens et nouveaux. S'entrecroisent et s'évitent, parfois de justesse, les usagers de voltibulles, de skis, de fils de la Vierge, de planches véloces, de surfs, de vaisseaux-mouches amphibiens, de deltaplanes, d'hippoïdes terrestres, aériens ou marins, de ceintures-g pour la chute libre ou le plongeon sans plongeoir et quoi encore ! D'autres pratiquent la plongée sous-marine, le golf, le saut en hauteur et le saut en longueur traditionnels ou avec bottes d'élan, l'alpinisme et la course classiques ou propulsés, le tennis, le base-ball et le football avec balle ordinaire ou « folle » sur un terrain conventionnel ou à gravité modifiée, etc. Toutes ces activités ludiques qui s'exécutent seul, entre humains ou encore entre humains et androïdes, me rappellent beaucoup l'atmosphère allègre de Jouvence, la planète des vacances par excellence.

En volant autour des monts, j'ai aussi aperçu plus loin un lac, probablement météoritique ou artificiel, à en juger à sa forme arrondie et à ses contours bien nets. La faune ichtyologique y est-elle naturelle ou alevinée ? Je ne le sais pas. Quoi qu'il en soit, des gens sont en train d'y pêcher. Si ce secteur appartient à Éden, son territoire est bien plus important que je ne l'aurais cru.

Nous allons bientôt nous poser sur l'aire d'atterrissage près des édifices principaux.

Nous rejoignons ensuite les centaines de jeunes qui discutent et rient sur le terrain jouxtant l'entrée principale de l'Enfer. Il ne s'y trouve pas que les aspirants de Greg Arsh, mais aussi ceux d'autres maîtres, et ils doivent tous être venus accompagnés de parents et d'amis tant ils sont nombreux.

— Je sais lesquels seront initiés, affirme Sue.

— C'est facile, répond Derek, ceux qui rient, ce sont les parents et les amis. Ceux qui ont le visage hagard et qui ne savent que répondre des « Ahan ! Ouais. Hein ? Hum ! » sont ceux qui vont y passer. Pas vrai, David ?

— Ahan ! fais-je, sans réfléchir et sans trop savoir à quoi j'acquiesce aussi sottement.

Mes cinq amis éclatent de rire. Même si c'est de moi qu'ils se moquent, je mêle mon rire un peu crispé au leur, beaucoup plus naturel.

Puis, le cerbère à l'entrée de l'Enfer annonce : « Nous allons maintenant procéder à l'appel des postulants. Ils devront entrer par cette porte derrière laquelle les attendent des gardes qui les guideront vers la salle de leurs groupes respectifs. »

Un nom d'origine chinoise suit un nom d'origine arabe qui suit un nom d'origine dakinienne et ainsi de suite, dans l'ordre alphabétique interplanétaire.

Mes amis, comme moi, examinent ceux qui sont appelés dans l'espoir de reconnaître un copain.

Nathalia se plaint depuis quelques semaines du mauvais fonctionnement de son implant traducteur et se frictionne derrière l'oreille où le minuscule appareil se trouve, dans le vain espoir de remédier ainsi à son problème.

— Pourquoi ne pas t'en faire implanter un autre ? Ces appareils sont censés demeurer en bon état de marche toute notre vie. Ils doivent t'en procurer un neuf, tu le sais bien, lui rappelle Masha.

— Rien ne presse. En général, je n'ai pas de problème. Il n'y a que lorsque les gens parlent d'assez loin dans une foule que je n'arrive pas à comprendre.

Masha n'est pas la première à lui recommander ce changement d'implant, mais Nathalia craint l'opération, si bénigne soit-elle, et retarde toujours l'échéance.

Le dernier nommé a viré de bord alors qu'il était sur le point d'entrer. Le cerbère lui a demandé où il allait comme ça. L'autre a dû répondre qu'il abandonnait, car le cerbère a haussé les épaules et écarté les bras dans un geste d'incompréhension mêlée d'impuissance. Leur attitude a déclenché l'hilarité générale. Je crois que, si le rire des parents et amis est parfois moqueur, celui des postulants n'a rien de méprisant. Tous doivent craindre d'agir de même.

Derek et Masha chuchotent des railleries concernant l'allure de celle-ci et de celui-là. Ceux qui ont l'air le plus étrange ne sont pas forcément les immigrés d'autres planètes : les jeunes Terriens ne donnent pas leur place quand vient le moment de se montrer excentriques.

Plusieurs, tout à fait nus, ne portent que des peintures fantaisistes ou des breloques suspendues un peu partout sur leur corps, à même leur chair. Un type a des clochettes partout dans les cheveux et émet une cacophonie cristalline dès qu'il secoue un peu la tête. D'autres n'ont pas de cheveux. Certains portent, à la place, toute une végétation qui semble prendre racine dans leur crâne. Quelques amateurs de fourrure, insatisfaits de leur propre pilosité, s'en sont fait greffer en touffes, en lisières ou selon des formes plus complexes, et l'ont peignée de diverses façons. Si ce n'était les couleurs et l'aspect peu naturels de leur fourrure, je les prendrais pour des mutants.

Mais la plupart des jeunes sont, comme moi, simplement vêtus des tenues à la mode, moulantes ou très amples et versicolores. Sous nos yeux, la tenue de l'une passe, après un chatoiement de couleurs instables, de rouge vif à vert forêt. Un autre, qui tantôt était vêtu de bleu ciel, l'est maintenant d'un somptueux violet.

La foule se réduit vite, car pour chacun de ceux qui passent le seuil de l'Enfer, quatre, cinq et parfois même huit ou dix autres personnes repartent chez elles. Il n'en reste bientôt plus qu'une soixantaine. Donc, à moins que ce ne soit la procédure habituelle, maître Arsh aura demandé que ses élèves soient appelés en dernier.

Un jeune homme au visage piriforme, au long nez spatulé et aux yeux aux reflets d'arc-en-ciel des métis délosiens vient de ressortir.

— Tu n'as pas déjà été éliminé ? le questionne-t-on de toute part.

— Non. J'en ai assez vu. Je préfère partir.

Derek nous demande :

— Croyez-vous qu'il soit vraiment parti de lui-même ?

— Moi, je pense qu'il a été chassé et qu'il ne veut pas l'admettre, répond Masha.

— Tu ne trouves pas qu'il aurait été jugé un peu vite ? Il est allé plus loin que l'autre type qui a viré de bord avant même d'entrer, mais à peine trois heures se sont écoulées depuis le début de l'appel, dis-je.

— Tout dépend de ce qu'on lui a demandé et de la façon dont il a réagi, déclare Sue. Tout est possible à mon avis.

Je m'imagine revenant chez moi après un échec. Papa serait déçu et essaierait de me réconforter. Maman préférerait ne pas en parler tout de suite. Quand elle le jugerait bon, elle m'interrogerait afin de savoir si j'ai fait de mon mieux et conclurait que je n'ai plus qu'à m'inscrire dans une école de comptabilité. Les copains en mettraient gros sur les épaules de Greg Arsh. Mais, au fond, tous ressentiraient cet échec comme le leur, et je sais qu'ils auraient un peu honte. Il faut que je réussisse. Il le faut !

Il n'y a pas de journalistes ici aujourd'hui (en tout cas, pas officiellement), les autorités d'Éden leur ayant interdit l'accès au site. Mais, il ne devrait pas manquer d'y en avoir le jour du départ. Nathalia et Dennis jouent les apprentis journalistes. Ils interviewent les autres, cherchant surtout à savoir quels maîtres ils ont sélectionnés. L'un répond : « John Weak et Greg Arsh ». Quel curieux choix ! Les deux extrêmes. Peut-être se sera-t-il dit : « si ce n'est pas Arsh, pourquoi me forcer ? » Je pose la même question à ma voisine de droite. Elle me répond : « Arsh et Borg ». Elle m'interroge à son tour. Je prétends que j'ai fait les mêmes choix qu'elle. Pourquoi ce mensonge ? Quelle pudeur me pousse à cacher que, pour moi, c'est le meilleur ou rien ?

On me révèle le résultat du sondage improvisé : à l'exception d'un seul, ils ont tous écrit Greg Arsh au moins une fois.

On vient de me nommer. Je salue mes amis comme tant d'autres ont salué les leurs avant moi et je m'avance, les jambes tremblotantes. Je ne me sens pas très rassuré mais, malgré cela, j'avance encore. Que deviendrais-je si j'abandonnais ? Certainement pas un maître de la calculette. Je ne serais rien. J'avance donc.

Deux gardes me guident jusqu'à une vaste salle circulaire, vide de tout mobilier à l'exception d'un grand fauteuil ouvré ressemblant à un trône où personne n'est assis. Je ne vois Arsh nulle part. Les treize jeunes qui se trouvaient déjà ici à attendre encore s'approchent de moi. Je me présente. Ils font de même.

On me demande mon choix d'initiateurs. Ne voulant pas passer pour un menteur, je répète mon mensonge.

— Donc, il n'y a pas de doute. Ce sera Arsh, déclare une fort belle fille nommée Jézabelle.

— Mais, moi, je ne l'ai pas choisi, affirme Jinhe, un gars qui doit être chinois.

— Si tu n'as inscrit qu'un nom, il est possible qu'ils aient considéré que tu leur donnais carte blanche pour le second choix, propose Gao.

Elle a, elle aussi, les yeux bridés et les cheveux très noirs et raides, mais sa peau est très brune et ses lèvres sont charnues comme celles des mulâtres. Toutefois, une caractéristique dément ces deux ascendances : elle a les yeux d'un beau bleu azur.

On interroge la fille qui vient d'arriver. Yan, une mignonne blondinette, a le courage de répondre qu'elle a inscrit Arsh deux fois. J'ai failli dire : « Moi aussi ». Je finirai par me mettre les pieds dans le plat, et ce sera bien fait pour moi. Tous veulent maintenant connaître la raison de cette restriction. Elle parle alors des statistiques qui prouvent que… Elle n'est pas si courageuse que ça après tout. Le groupe entier fait chorus et en rajoute. L'informateur leur a tous communiqué les mêmes données. Yan sourit, heureuse que l'on soit si prompt à approuver ses raisons.

Le dernier venu est un grand gaillard noir à l'air impétueux. Avant que l'on ait le temps de lui demander quoi que ce soit, il dit se nommer Sipho, et qu'on ne lui demande pas pourquoi il a choisi Arsh parce qu'il n'en sait fichtrement rien. Ce qui nous fait tous rire. Si nous nous raccrochons à nos statistiques, nous n'y croyons pas tous avec la même conviction.

Plusieurs entrent encore et, chaque fois, le rituel se répète. Je suis reconnaissant à Arsh de nous avoir laissés sans surveillance dans cette salle. Nous sommes plus à l'aise pour parler et essayer de nous connaître. Par notre conversation ou de légers contacts physiques, chaque nouveau venu est aussitôt admis dans notre fratrie.

Nous sommes maintenant dix-neuf. Le vingtième entre et nous informe qu'il est le dernier. Des regards parcourent la salle pour vérifier si Arsh n'est pas entré par l'une des portes. Voyant cela, le dernier venu, à qui personne n'a demandé le nom, déclare :

— Si c'est comme la dernière fois, il va nous laisser mijoter encore un peu.

— Comment ça, « la dernière fois » ? demandons-nous presque tous ensemble.

— Il y a un an, j'étais dans cette salle pour la même raison qu'aujourd'hui. Je... Je n'ai pas tenu le coup. Tout ce qui se passait ici me paraissait tellement... délirant ! Je n'arrivais pas à admettre qu'on le laisse faire tout ce qu'il ose, alors que la C.P. est censée représenter « la clef de la liberté et le verrou de l'oppression », répond-il en paraphrasant la devise de la Communauté.

— Qu'a-t-il donc fait de si terrible ? demandent plusieurs.

— J'ai bien peur d'en avoir déjà trop dit.

— Mais, tu n'as rien révélé, fait remarquer Kristin.

— J'ai promis de ne rien raconter de ce qui s'était passé ici, et tantôt, j'ai dit qu'Arsh nous avait fait attendre, même après que le dernier soit entré.

— Mais, il ne te ferait quand même pas d'histoires pour si peu ?

— Attendez de le connaître, nous met-il en garde.

La conversation oblique assez vite vers des sujets plus susceptibles de nous rasséréner. Le dernier venu, qui ne connaît toujours pas nos noms, nous les demande. Daniella, Gao, Jéza, Joy, Kristin, Ludmilla, Mika, Sipho, Yo, Ahmed, Francesco, Igor, Jinhe, Kim, Leif, Mary, Pascuale, Yan et moi lui serrons tour à tour la main en nous présentant, mais en oubliant de lui demander son nom. Et comme il ne se présente pas de lui-même... Puis, le silence investit les lieux.

Greg Arsh, suivi de deux jeunes personnes qui me sont inconnues, vient d'entrer dans la pièce.

Chapitre 5

Debout devant nous, Arsh nous parcourt de son regard bleu nuit en souriant. La présence si proche de cet homme que je n'avais vu jusqu'ici qu'à la tridi m'électrise. J'essaie, bien que cela me soit très difficile, de ne pas baisser les yeux lorsque les siens, pénétrants, se posent sur moi. Explore-t-il notre esprit en plus de notre visage ?

Une presque trop belle jeune femme aux cheveux aussi noirs que ceux du maître et aux yeux d'un bleu presque trop clair, ainsi qu'un jeune homme le flanquent comme le bien et le mal accompagnent la conscience de l'homme.

Du plafond, entre nous et eux, descend un jet de lumière qui prend rapidement forme humaine. La tridi nous présente, grandeur nature, le spectacle de la vingtaine de jeunes, dont je suis, attendant dans la cour d'Éden puis dans cette salle même. Je me vois discuter avec mes amis du nombre de jeunes assemblés et de ce que sera l'épreuve. Le projecteur montre aussi mes nouveaux compagnons discutant, pleurant, riant. Je suis fasciné par ces rires, ces pleurs, ces paroles toujours si semblables de l'un à l'autre qu'on les croirait sortis de la même bouche et du même cœur.

Je m'entends répéter à deux reprises que j'ai sélectionné Arsh et Borg. En arrière-plan, l'image montre mon formulaire d'inscription avec, juste au-dessus de ma signature, « Greg Arsh » écrit deux fois.

Vicieux, le projecteur continue à nous présenter, l'un après l'autre, sous notre plus mauvais jour. Dire que j'étais heureux qu'on nous ait laissés sans surveillance ! Enfin, la projection se termine. À nouveau, Arsh nous toise.

— Bienvenue en Enfer ! nous souhaite-t-il, sarcastique. Je suppose que vous savez tous qui je suis, puisque la majorité d'entre vous a écrit mon nom au moins une fois sur le formulaire d'inscription.

Ce disant, il regarde Jinhe qui, lui, ne l'a pas inscrit, mais qui ne semble pas plus que nous autres avoir besoin de présentation. Arsh pose aussi les yeux sur Yan, qui a inscrit son nom deux fois, puis sur moi. L'insistance avec laquelle il me dévisage me gêne. Je baisse les yeux.

— David, m'interpelle-t-il.

Mon nom dans cette bouche produit sur moi l'effet d'une secousse tellurique. Je sursaute. J'aurais pourtant préféré ne pas attirer son attention, pas si vite, pas de cette manière. Je relève les yeux.

— Sais-tu ce que je pense des regards fuyants, David ?

— Oui, Maître.

Je l'ai déjà entendu glisser un mot là-dessus à la tridi.

— Qu'est-ce que j'en pense d'après toi ?

— Que c'est une attitude qui manque de franchise et de courage, Maître.

— La franchise et le courage sont, avec le dévouement, les vertus cardinales de l'aspirant et la clef du succès de toute épreuve à Éden. Si vous n'êtes pas prêts à faire montre de ces qualités, il vaudrait mieux nous quitter immédiatement.

D'un regard circulaire, il vérifie que personne ne songe à partir.

— Cette jeune femme et ce jeune homme, continue-t-il en désignant le bien et le mal, se nomment Drinah et Fabien. Ils m'assisteront dans ma tâche d'initiateur. Des gardes nous prêteront aussi quelquefois main-forte. Quelles que soient leurs exigences, n'oubliez pas qu'elles émanent toutes de moi.

Après avoir marqué un temps d'arrêt pour nous permettre de bien comprendre ce qu'il vient de nous dire, il poursuit :

— J'ai trois promesses à vous faire avant de commencer. D'abord, je vous jure que je ferai tout ce qui sera en mon pouvoir pour vous faire échouer.

Il a beau nous laisser à nouveau le temps d'enregistrer ces surprenantes paroles, je ne les comprends pas pour autant.

— Vous croyez avoir les aptitudes nécessaires pour devenir des maîtres ? Alors, il est essentiel pour vous, comme pour tous ceux qui sont appelés à parcourir l'univers, de savoir vous adapter à toute coutume et à toute forme de vie, familière ou non, et parer à toute éventualité, prévisible ou pas. Il importe aussi que vous sachiez vous montrer solidaires des autres. Vous devrez nous donner la preuve que vous possédez cette adaptabilité, cette ingéniosité, cet esprit d'équipe et cette combativité qui sont le propre des vrais maîtres. Nous placerons donc sur votre parcours initiatique une sélection, restreinte certes, mais représentative et révélatrice des différentes difficultés que les maîtres peuvent rencontrer dans leurs fonctions. Ces difficultés constitueront pour vous autant d'obstacles que vous devrez surmonter si vous ne voulez pas être chassés.

— Si nous croyons nous être trompés en…

— Me choisissant comme initiateur, Leif ?

— Oui, répond ce dernier, mal à l'aise. Est-ce que nous pourrons abandonner ou si, à moins d'être renvoyés, nous devrons continuer jusqu'à la fin ?

— Contrairement à ce que prétendent les ragots, vous serez toujours libres de partir. Je vais même faciliter votre départ en vous faisant mes deux autres promesses. La première est que, si vos convictions morales ou religieuses vous interdisent de poursuivre l'épreuve ici, dans ce groupe, vous pourrez être immédiatement transférés dans le groupe de votre préférence. Ma dernière promesse vous permettra, si vous nous quittez de vous-mêmes pour d'autres considérations, d'inscrire votre nom sur la prochaine liste du maître de votre choix.

Je me demande s'il s'agit bien là de générosité ou si ceci ne constitue pas notre première tentation.

— En refilant vos élèves aux autres maîtres, ne leur donnez-vous pas raison de se montrer moins sélectifs que vous-même ?

— Il y a une certaine logique dans ta question, Gao. Chacun des maîtres exécute sa part du travail de sélection selon ses propres critères. Si je n'approuve pas entièrement les orientations et les méthodes de tous, je ne les rejette pas complètement non plus. Si vous avez la lucidité de reconnaître que ma façon de procéder ne vous convient pas, pourquoi ne vous permettrais-je pas de tenter votre chance avec eux ? Je préfère que vous soyez moins nombreux à poursuivre avec moi, mais que ceux qui restent croient à ce qu'ils font. Car vous n'arriverez pas à traverser ce que je vous réserve si vous doutez de moi et de vous-mêmes.

La plupart de mes compagnons d'épreuve se regardent les uns les autres. Il me vient soudain à la vue de ces mines piteuses une formidable envie de rire. Quelqu'un à l'autre bout de la file pouffe avant moi.

— Qu'est-ce qui t'amuse, Ludmilla ?

— Oh, ils ont tous l'air si pitoyable, monsieur, je les trouve tellement drôles !

— J'espère que tu sauras conserver ton sens de l'humour tout au long de l'épreuve et que tu nous en feras profiter. S'il en faut aussi peu pour décourager tes camarades, ils auront grand besoin de ce support moral.

Il y a du défi dans sa voix lorsqu'il nous parle de la facilité avec laquelle nous perdons courage.

~.~.~

Il se tourne ensuite vers l'autre extrémité de la file et appelle :

— Courage. Ici.

Le jeune homme qu'il siffle ainsi comme un chien est celui qui nous avait dit avoir déjà entrepris l'initiation un an plus tôt. Courage (quel curieux nom !) s'approche du maître et s'arrête à deux pas de lui.

— Je crois que nous avons un compte à régler, toi et moi, Courage.

Courage, qui a joint les avant-bras dans son dos et écarté un peu les jambes, demeure immobile et silencieux.

— Quelle confiance, crois-tu, la communauté pourrait-elle accorder à quelqu'un qui ne sait pas tenir ses promesses ni sa langue ?

Nous comprenons tous en même temps ce dont Maître Arsh lui parle. Mary, plus vive que nous, proteste :

— Mais il n'a presque rien dit, monsieur.

Sans tenir compte de l'intervention, ni lever les yeux de ceux de Courage, Arsh insiste :

— Alors, Courage ?

Désarroi. Voilà ce que le profil du postulant me laisse clairement entrevoir.

— Je vous jure que je ne recommencerai pas, Monsieur.

— Dis-moi : pourquoi aurais-je plus confiance en cette promesse-ci qu'en la précédente ? Tu sais ce qu'il te reste à faire.

Comprenant qu'il lui faut partir, Courage perd le peu qui lui restait de sa belle contenance. Il n'a plus du courage que le nom.

— Pourrais-je être inscrit sur votre prochaine liste d'aspirants ?

— Non, répond doucement, presque trop doucement le maître. Tu n'as rien à exiger, rien à attendre, rien à espérer, tu le sais. Si tu tiens à être admis à Éden, tu devras t'adresser à quelqu'un d'autre. Quant à moi, je crois que ta place n'est pas ici. Me comprends-tu, Courage ?

Celui-ci, dont les yeux s'embuent, acquiesce de la tête. D'une seule voix, nous nous mettons à plaider sa cause. Tous les arguments y passent. Arsh, qui persiste d'abord à scruter le visage et peut-être aussi l'esprit de Courage, finit par s'intéresser à nous. Bras croisés sur la poitrine, il porte sur l'un puis sur l'autre son attention à demi moqueuse, à demi attendrie, comme le font parfois les parents lorsqu'ils voient leurs enfants tenter vainement d'imiter les grands.

Quand les arguments viennent à nous manquer et que nous constatons que notre plaidoyer demeure sans réponse, le silence revient. Le maître savoure quelques secondes la paix retrouvée, puis questionne :

— Qui d'entre vous croit assez à ce qu'il vient de dire pour accepter d'être renvoyé à sa place ?

Tous, nous nous taisons. Je n'ose même pas porter les yeux sur Arsh, de peur qu'il ne s'adresse à moi. J'en ai honte.

Il me vient soudain à l'esprit que tout ce qui s'est déroulé à l'instant devant nous pourrait bien n'être qu'une mise en scène préparée à notre intention afin de séparer le bon grain de l'ivraie. Pendant quelques instants d'une pénible hésitation, j'en viens presque à accepter l'échange. Ensuite, je me dis : « Et si tout est vrai… Je serai renvoyé pour de bon ! » Pareil aux autres, je ne dis mot. Notre manque de bravoure nous bâillonne.

Courage, sur le pas de la porte, nous salue :

— Adieu les amis ! Ne vous en faites pas. Je comprends votre embarras. Adieu, Maître !

— Solliciteras-tu une nouvelle épreuve d'admission à un autre maître ?

— Non, Maître, répond-il sans hésiter.

— Pourquoi ?

Je m'attends presque à l'entendre dire que, pour lui, c'est le meilleur ou rien, que les statistiques démontrent que… Mais, il répond :

— Parce que ce ne serait pas conforme à ce que je crois devoir faire, à ce que me réclame ma conscience.

— Que te réclame-t-elle ?

— D'agir d'ores et déjà comme un maître, même si je… ne le serai jamais officiellement.

Cette voix qui se brise, je n'ai aucun mal à l'imaginer mienne. Il n'est pas le seul à contrôler difficilement son souffle. Pourquoi le maître l'interroge-t-il ainsi, sinon parce qu'il veut nous faire entendre ses réponses ? Il sait trop bien que nous nous sentons tous responsables de son renvoi. Toutes les paroles de Courage, son trouble et jusqu'à son nom nous atteignent sur cette plaie qu'il a, lui, le maître, délibérément ouverte.

— Au-dessus des portes extérieures de cet édifice, poursuit Courage, celles par lesquelles nous sommes entrés ce matin, cette recommandation est inscrite : « Toi qui passes ce seuil, abandonne toute espérance personnelle. » Si un maître peut rechercher sa propre sauvegarde et son bien-être personnel, ce n'est que dans la mesure où cela ne nuit en rien à sa tâche première qui est de veiller à la sauvegarde et au bien-être des autres. L'endroit où il accomplit cette tâche importe peu. Je ne porterai jamais… la marque étoilée, mais je serai… je suis un maître.

— Rien dans ta conduite ne m'en a convaincu, s'acharne le maître.

— Je le sais, Maître. Je vous en donnerai bientôt la preuve.

— Comment suis-je censé apprendre tes « exploits » ?

Le ton est si railleur que j'en ai de la peine pour Courage, qui marque le coup par un léger recul de la tête et en fermant un instant les yeux. Il trouve pourtant la force d'ajouter :

— Je vous connais assez, Maître, pour savoir que plus vous croyez en la valeur de quelqu'un, plus vous vous montrez dur et exigeant envers lui.

— Tu crois que je t'éprouve encore. Si je ne cherchais qu'à te faire comprendre que l'épreuve est vraiment finie pour toi... Va-t-en, Courage. Nous avons suffisamment perdu de temps avec toi.

Courage lève vers Arsh ses bras dont les poignets sont posés l'un sur l'autre et sort. Ce geste des bras ramène à ma mémoire le départ de Frances Herbert pour Hadès. Ce départ-ci me donne l'impression d'être la copie conforme de l'autre. Même les paroles de Courage à propos de la tâche des maîtres s'accordent avec celles de Frances. Mise en scène ? Frances est bien morte sur Hadès ; nous en avons assez entendu parler pour ne pas en douter. Mais il est possible, sans que tout soit faux, qu'une partie des faits ne nous ait pas été communiquée.

Maître Arsh nous questionne :

— Avez-vous des questions à poser avant que votre initiation commence ?

— Oui. Êtes-vous réellement télépathe ?

— Peut-être.

— Pourquoi ne pas nous le dire puisque nous allons tous promettre le silence sur l'épreuve avant qu'elle ne finisse ?

— Parce que, vous l'avez constaté, ici les murs ont des oreilles et aussi parce que, comme vous en avez eu la preuve, tous n'honorent pas leur parole. Que j'affirme ou que je nie posséder ce don, ma réponse finira par être connue partout.

Yan sourit et le remercie du témoignage de confiance qu'il vient de lui donner. Je pense d'abord que ces remerciements sont sarcastiques, mais je ne tarde pas à réviser mon jugement.

— De quel témoignage de confiance parles-tu ? le questionne Arsh, narquois.

Yan fronce d'abord les sourcils, puis se remet à sourire encore plus largement qu'avant.

— D'aucun témoignage. D'aucun témoignage, répond-elle.

Je crois qu'Arsh a transmis quelques mots en pensée à Yan. Cette dernière aura ensuite compris qu'un message télépathique ne peut servir de preuve, surtout pas du don de télépathie du transmetteur. À moins que le télépathe accepte de se laisser tester, on ne sait jamais avec certitude s'il l'est ou pas ; et Greg Arsh ne permettra jamais qu'on le teste ainsi.

— D'autres questions ? s'enquiert le maître.

J'ai des dizaines de questions en tête, mais ne sais pas par laquelle commencer. Changeant de sujet, Ahmed lui demande :

— La capacité de s'adapter à toutes les coutumes du Monde libre et d'ailleurs, dont vous nous avez parlé plus tôt, implique-t-elle que vous admettez toutes celles qui existent ?

— Jamais je ne mets tout en vrac. Cependant, je ne rejette rien sans être certain de pouvoir porter un jugement objectif sur la question. Trop souvent, notre raisonnement achoppe sur toutes sortes de préjugés et de conditionnements terriens, ainsi que sur nos peurs et nos blocages personnels. Il vaut donc mieux y penser à deux fois avant de contester une coutume. Il est préférable, sans pour autant devenir licencieux, de demeurer ouvert d'esprit et tolérant.

Je sais que sur Dakini, il est interdit de porter un vêtement si minuscule soit-il. Celui qui se vêt doit le faire d'une tenue transparente s'il ne veut pas être reconnu coupable de « luirech », mot signifiant à peu près mascarade et dissimulation.

D'autres planètes ont des coutumes encore plus surprenantes. Lorsque les Darumiens plongent leurs nouveau-nés dans l'eau glacée afin de vérifier leur aptitude à la survie, ne démontrent-ils pas plus de barbarie que les Dakiniens avec leur loi les obligeant à la nudité ?

— À quoi penses-tu, David ? Tu sembles à des années-lumière.

« Sembler » n'est pas le terme qu'il aurait dû employer : je crois qu'il n'ignore rien de ce que je viens de penser.

— *Tu crois, David* ? l'entends-je dire très distinctement, alors que sa bouche demeure close.

Soit il est un bon ventriloque, soit il est télépathe. Les autres n'ont pas cessé de me regarder depuis la question orale du maître. De toute évidence, ils n'ont pas entendu la suite. J'avais beau me dire que je croyais en son don, la preuve me laisse pantois. J'avale ma salive trop abondante et lui réponds :

— Je pensais aux mauvais traitements imposés aux enfants darumiens, Maître.

Le fait que Maître Arsh soit à moitié darumien pourrait le pousser à ne pas trop apprécier le jugement négatif implicite de ma réponse.

— Apprendre à ses enfants à faire face au pire est cruel selon toi, David ?

La formulation de la question m'aiguille vers une autre vision des coutumes darumiennes.

— Je ne sais pas, Monsieur.

— « Je ne sais pas » ne constitue pas une réponse pour moi. Lorsque je vous interroge, je m'attends à mieux de vous. Si vous n'êtes pas à même de me donner une réponse valable de prime abord, réfléchissez davantage, informez-vous ; mais, lorsque vous me répondez, donnez-moi la meilleure réponse que vous puissiez fournir. Je suis patient ; j'attendrai le temps qu'il faudra votre géniale réponse.

Se tournant vers moi, il me prévient :

— Avant que ton initiation ne se termine, je t'interrogerai de nouveau à ce sujet, David. Quelqu'un a d'autres questions ?

— Oui, moi, répond timidement Francesco en levant la main. Est-il vrai qu'en moyenne, il y a plus de vos élèves qui sont morts en mission que de ceux des autres maîtres d'Éden ?

— Oui, hélas, c'est exact.

— Est-ce que cela ne contredit pas la croyance populaire selon laquelle vos élèves seraient mieux formés et plus talentueux que les autres ?

— Non, Francesco. Les élèves de plusieurs maîtres occupent surtout des emplois de bureau ou ne participent qu'à des missions sans grand danger ; ainsi, peu d'entre eux mourront pendant qu'ils rempliront leurs fonctions.

— Quelles sortes de tâches confiez-vous à vos élèves pour qu'ils meurent en si grand nombre ? demande Igor.

— Toutes tâches, aussi périlleuses soient-elles, que sont censés remplir les maîtres. Que vous portiez secours à des populations à la suite de cataclysmes ou de guerres, que vous assistiez les équipes médicales lors de pandémies, que vous partiez en mission d'exploration planétaire ou, même, que vous travailliez dans l'un des consulats de la Communauté sur une planète dont le pouvoir politique est instable, vous mettrez vos vies en péril. Si vous n'y êtes pas disposés, votre place n'est pas à mes côtés. D'autres questions ?

— Où est le p'tit coin ? demande abruptement Sipho.

— Il n'y a pas ici de recoin où cacher ses besoins et leur soulagement. Tout se fera « en famille », si vous me permettez cette expression, et au moment qui nous semblera opportun. Car rien n'étant négligeable, rien ne sera négligé, pas même cela. Comptez donc sur nous pour perturber vos chères habitudes.

— Nous vous croyons sur parole, blague Ludmilla.

Tous sourient ou rient. Même Maître Arsh a un beau rire qui lui rejette la tête en arrière et que, j'en suis convaincu, j'apprendrai à aimer. Seul Ahmed demeure de glace.

Arsh nous laisse plaisanter quelques minutes, puis annonce :

— Puisque vous voilà tous si joyeux, nous allons pouvoir commencer l'épreuve du bon pied.

La comédie cesse net. Examinant nos mines solennelles, Arsh se met à nouveau à rire. Comme un papillon qui se métamorphoserait en chenille, son rire bon enfant se transforme en un rictus qui n'augure rien de bon.

Chapitre 6

Le maître retrouve son austérité et nous jette :

— Dévêtez-vous.

Comme moi, certains hésitent. D'autres ont déjà commencé à se déshabiller. Je m'exécute donc aussi.

Fabien et Drinah, les assistants d'Arsh, partent chercher dans des espaces de rangement aménagés à même le mur des sacs portant les initiales de chacun des aspirants. Ils les déposent devant nous.

Je mets mes vêtements à l'intérieur de mon sac et vérifie où en sont rendus les autres. Ils sont presque tous entièrement nus ou sur le point de l'être. Seul Pascuale ne se dévêt pas.

— Pascuale, tu as un problème ?

— Je ne peux pas me dévêtir.

— Quoi ? Tu veux dire que tu portes ces mêmes vêtements depuis ta naissance ? le taquine le maître.

Pascuale, penaud, sourit et répond :

— Je n'ai pas le droit de me dévêtir en public.

— De quel public parles-tu ? Nous sommes ici entre amis.

— Ma religion me l'interdit, Maître : je ne peux me dévêtir au milieu de vous tous.

— S'il en est ainsi, tu devras rejoindre un autre groupe. Que décides-tu ?

Pascuale devient le deuxième à nous quitter. Combien de nous restera-t-il à la fin de cette journée ?

Je commence à avoir très faim. L'heure du repas est passée, mais ni Arsh ni ses aides ne s'en soucient. Drinah et Fabien circulent devant nous pour ramasser les sacs pleins. Leif, mon voisin de droite, a conservé un pendentif. Il dit à Drinah, qui lui demande de le retirer, qu'il ne le peut pas parce qu'il a promis de ne jamais le faire. Drinah entoure de ses bras le cou de Leif qu'elle regarde d'un air coquin et ouvre le fermoir de la chaînette. Elle jette ensuite le bijou dans le sac marqué L.E. et dit :

— Moi, je n'ai rien promis de tel.

Puis, elle referme le sac et l'emporte. Leif n'y a vu que du feu : à peine a-t-il eu le temps de constater qu'il avait été dépouillé de son collier que Drinah s'arrêtait devant moi. J'essaie de ne pas trop l'examiner en détail, mais elle est vraiment très belle et je suis humain après tout. Elle m'effleure la main du bout de ses doigts en prenant mon sac. J'en suis troublé et mon sexe se dresse. Je me laisse, comme à mon habitude, un peu trop emporter.

Plus loin à ma droite, Fabien demande à Kristin de lui donner ce qu'elle porte encore. Si elle porte toujours quelque chose, elle l'a admirablement bien caché ; parce que, moi, je ne vois rien d'autre qu'un corps maigrelet, on ne peut plus nu.

— Tu me le donnes, Kristin, lui dit-il, ou je devrai le prendre moi-même.

— Prends-le, si tu l'oses, le défie-t-elle.

Fabien la contourne, la force à se pencher en avant et, la retenant de l'un de ses bras, lui enfonce les doigts de son autre main dans le vagin. Kristin ne se départit pas un instant de son air provocateur, bien qu'elle le laisse faire. Fabien retire les doigts avec un petit contenant ovoïde qu'il ouvre. Il en extrait un petit sac transparent plein d'une substance turquoise, une drogue arcadienne bien connue et fort répandue sur Terre en raison de la puissance de ses effets psychoactifs et de sa relative innocuité.

— Je regrette Kristin ; mais je ne crois pas que, lorsque le maître dit qu'il faut trouver en soi la force de continuer, ce soit de sid qu'il parle, lui assure Fabien en lui montrant la drogue.

Comment a-t-il su qu'elle l'avait caché là ? Mais oui ! par l'intermédiaire du maître qui aura vu le sid et sa singulière cachette dans l'esprit de Kristin. Il n'avait plus qu'à transmettre à Fabien par la pensée l'ordre de le lui réclamer. Pratique. Mais qu'auraient-ils décidé si elle ne les avait pas défiés de le lui enlever et n'avait pas laissé Fabien le prendre ? Le lui aurait-il arraché de force ? Non, je crois qu'il l'aurait plutôt mise à la porte.

Fabien a rangé le sid dans le sac de Kristin et est passé à la suivante. Bientôt les dix-huit novices sont nus et les sacs pleins et rangés. Quand retrouverai-je le mien ? Je m'imagine dans trois semaines, recouvrant mon bien et m'en revêtant. Comment me sentirai-je ? Heureux d'avoir fini ou triste de quitter mes nouveaux amis ? Plus sûr de moi ou complètement déboussolé ?

Drinah et Fabien nous conduisent, enfin, aux toilettes. Comme Arsh nous l'avait annoncé, pas plus d'intimité ici qu'ailleurs. Je ne suis pas certain de pouvoir supporter longtemps cette abolition de toute vie privée. Pour l'instant, je jouis de soulagement.

~.~.~

On nous mène ensuite à des cabines pas très rassurantes, tant elles font penser à des sarcophages. Il y en a vingt.

— Montez sur le socle entre les deux coquilles de l'un des caissons de façon à demeurer tournés vers moi, ordonne Arsh.

Nous obéissons. Kim cherche à se renseigner sur l'utilité de ces caissons, mais Arsh ne daigne pas lui répondre. Dès que nous posons les pieds sur l'une des stèles, les coquilles commencent lentement à se refermer. Yan saute à terre, effrayée.

— Non, je ne peux pas ! Je suis claustrophobe, dit-elle.

Méchant, je pense : « La folie, ça se soigne. » Les coquilles restent entrouvertes.

— David, dit Maître Arsh. Que dirais-tu de la compagnie de plusieurs centaines d'araignées ?

Ouf ! J'en ai chaud et froid à la fois. Pourvu qu'il ne réalise pas cette idée ! Je hais ces bestioles depuis mon âge le plus tendre. Ma mère ne les aime guère et mon père les craint encore plus que moi. Ils m'ont transmis cette peur idiote. Comment lutter contre un sentiment aussi irrationnel ? Pauvre Yan !

— Retourne sur le socle, Yan.

Que ferais-je s'il exigeait que je tienne compagnie à des araignées ? Je préférerais sans doute partir.

— C'est injuste. Je n'y peux rien. Quand j'étais petite…

Elle n'arrive pas à finir et fond en larmes. Arsh s'en approche, lui met un bras sur les épaules et commande la fermeture des caissons. Que va-t-il nous y arriver ? Que va-t-il arriver à Yan ? Je n'ai que le temps de prendre conscience du silence total et de la parfaite obscurité, puis je m'endors. Je rêve.

L'épreuve est finie ; celle-ci et toutes les autres. Je suis un maître adulé, admiré. Je suis LA vedette. Partout où je vais, les foules se massent sur mon passage. Tout le monde réclame mon autographe. On m'arrache un morceau de vêtement. On me coupe une mèche de cheveux. Si je n'y prenais garde, qui sait avec quoi ils partiraient. On m'invite partout. Je passe en mondovision.

— Racontez, pour nos très nombreux tridispectateurs, comment vous avez réussi à vous échapper des griffes du tyran…

— Racontez votre séjour sur…

— Racontez-nous tout, tout, tout.

Je suis seul, atrocement seul au milieu de ces foules qui m'envient. Jamais au même endroit ; je n'ai le temps que des amitiés lointaines et des amours de passage, furtifs et déchirés. Mon cerveau déborde de visions éphémères : un sourire radieux, quelques paroles d'une fiévreuse confidence, une balade à deux dans une forêt enchanteresse… Tous ces bonheurs à jamais perdus. Seul mon astronef m'attend encore.

J'ai tellement besoin d'un peu, un tout petit peu de la tendresse d'une présence aimée et constante à mes côtés ; quelqu'un sur qui compter, une relation solide à laquelle m'accrocher quand la vie me pèse. Quelle idée ai-je eu de vouloir devenir un dieu ? Je ne suis qu'un homme, rien qu'un homme qui se sent parfois vulnérable comme un chevreuil à l'ouverture de la chasse.

Je m'éveille. Les images tumultueuses du rêve font place à l'obscurité du caisson, le hurlement des foules en liesse, au silence absolu. Tous mes sens, qui ont contribué à donner à mes images oniriques la consistance de la réalité, s'apaisent dans la tiédeur de cet utérus artificiel.

Soudain, j'étouffe. L'air ! Quelque chose se détraque ! De l'air ! Au secours ! Savent-ils seulement que je vais peut-être mourir dans ce maudit caisson ? J'essaie de retrouver mon calme. L'énervement me fait consommer à un rythme accéléré le peu d'air qu'il doit me rester. Je m'oblige à respirer au ralenti, à petites bouffées. Voilà. C'est ça. Éviter de penser à la mort surtout. Mon cœur bat la chamade. J'entends les pulsations de mes veines contre mes tympans. Le battement est si fort que j'ai cru, un instant, que l'on cognait contre le caisson pour le forcer à s'ouvrir. Déception !

Quand il ne me reste plus d'air que dans mes poumons, mon imagination se cabre. Pendant que j'expire avec une infinie lenteur, je pense à ma jeunesse, à mes parents, à mes amis, à Misha que j'ai tendrement aimée, à tout ce qui a fait de ma vie ce qu'elle est et de moi ce que je suis.

De l'air ! Oh, quelle merveille ! Respirer, respirer… Je pourrais écrire la plus magnifique ode à la joie de respirer si on m'en laissait le temps ; mais ma joie et moi sombrons encore dans le sommeil et le rêve.

Sur la grève souffle le vent. Les nuages s'amoncellent au-dessus de ma tête grisonnante et en elle. Je vais travailler comme le bon petit employé que je suis. J'ai cinquante ans et, très bientôt, je prendrai ma retraite. Je n'aurai donc fait de ma vie qu'une suite de jours qui se ressemblent, de jours pleins de formulaires vérifiés, de documents classifiés et de lettres envoyées ; mais vide de tout ce que je voulais y mettre.

Je n'ai même pas su fonder une famille digne de ce nom. Quand j'y pense, toute ma belle ambition et tout mon amour ont fini par mourir d'ennui. J'en rirais si je n'étais pas si triste.

J'ai entendu dire que l'on cherchait des volontaires pour une mission suicide sur Ogmios. Quelle folie ! Finira-t-on par pacifier cette planète maudite et ses violents habitants ? Qu'on les désintègre tous et qu'on n'en parle plus.

Je me rappelle qu'à dix-huit ans, la pensée d'Ogmios me terrifiait. Pourquoi et comment suis-je devenu si froid ? N'y a-t-il plus rien qui m'intéresse hors les sautes d'humeur de dame nature qui nous ramène soudain le soleil ?

Mais, qu'est-ce que je fais dans ce bureau lugubre ? Qu'est-ce que j'espère y trouver sinon la mort au bout de l'ennui ? Je voudrais bien briguer un autre poste ; mais, à cinquante ans, aucun vaisseau digne de ce nom ne voudra de moi. J'ai tout oublié de ce que j'ai autrefois appris sur le pilotage, la robotique et le reste. Et je n'ai pas acquis la notoriété nécessaire pour gravir un nouvel échelon de la hiérarchie.

Ogmios ? Accepterait-on quelqu'un de mon âge ? Je demande à mon com la liaison avec l'Informateur.

« Ils acceptent tous ceux qui s'offrent. Ils ont si peu de volontaires qu'ils ne peuvent se permettre de faire les difficiles », me renseigne la voix asexuée de la machine.

— Ogmios, me voilà !

Je m'éveille à nouveau dans mon cercueil anthropomorphe. Quand sortirons-nous de là ? La température monte et mon cercueil devient une fournaise. Ils ont décidé de nous incinérer ou quoi ? Ouf !

Une chaleur pareille ne doit pas exister sur beaucoup de planètes habitées. Aïe ! Mais, c'est que ça brûle ! À quoi jouent-ils, ces imbéciles, avec leurs caissons ? Combien de temps mettrai-je à être cuit à point ? J'ai soudain envie de rire. Avez-vous déjà essayé de rire sans bouger un muscle ? Pas facile.

La température s'abaisse rapidement, devient agréable et finalement, il fallait s'y attendre, glaciale. Même pas moyen de claquer des dents comme il se doit. Je pense aux phoques sur leurs banquises. Ils ont bien failli tous mourir, eux ; mais pas de froid comme moi. À quelle température les fonctions vitales cessent-elles ? Ils devraient se servir de techniques plus modernes que la congélation pour conserver la viande ! J'essaie de me souvenir de la chaleur qui a précédé ce froid polaire sans y parvenir. Mon imagination elle-même se glace. Je vais bientôt entrer en hibernation. Je me vois dire à mes parents : « Hé ! Vous savez ce que j'ai appris à Éden ? J'ai appris à hiberner. »

Enfin, la température remonte. La circulation sanguine reprend dans mes veines ; j'en ai des picotements partout. Je revis ! Le printemps est arrivé. Allez les marmottes, sortez de vos terriers !

Je me rendors. Je suis chez moi, sur Arcadia. Je suis diplomate et consul terrien sur cette superbe planète. Je mène une vie de pacha.

Ma maison, construite sur un monticule qui m'offre une vue imprenable sur la baie d'Alix, est luxueuse et confortable comme seules le permettent les techniques modernes. Je n'ai qu'à le commander pour que tout s'illumine ; l'éclairage s'intensifie ou se tamise selon mon désir. Le reste est à l'avenant. Un mot suffit pour que la maison, docile, obéisse.

— Que mangerez-vous ce soir, monsieur ? demande mon androserviteur.

— Que l'on me prépare un repas sain. Je n'ai aucune préférence.

Ma femme et mes enfants sont à la mer. Pour ce soir, j'ai invité de vieux copains. On fêtera le bonheur de vivre. Et demain, farniente ! En attendant, mon nouveau polytransmetteur me permet d'assister à un reportage sur les planètes Otewos, Alogna et Eilamos. Sans m'épargner les plaintes, les odeurs et presque même le goût de la faim, l'appareil projette sur mon beau tapis les corps décharnés d'enfants qui crèvent interminablement. Tous les ans, je donne des fortunes pour recouvrir tous ces os et rembourrer ces chairs flasques ; qu'espère-t-on donc de plus ? Je ne vais tout de même pas aller mourir à leur place !

J'interromps l'émission et demande qu'on mette Les Planètes de Holst sous l'œil de lecture de ce foutu appareil. Voilà de la vraie musique ! Ne me parlez pas de ces cantates rose bonbon des Arcadiens. Un petit homme à lunettes (pas trop maigre, lui !) est là, sur mon tapis, dans ses habits à la mode du début du XXe siècle. Il assiste comme moi à la représentation de sa symphonie par le London Symphonic Orchestra. Par la magie de la polytransmission, je suis transporté dans l'Angleterre de 1918. Tout l'orchestre devant Holst et moi joue superbement L'Hymne de Jupiter.

— Le repas est servi, Monsieur.

Même mon serviteur parle maintenant avec l'accent anglais d'époque. De la table coquettement dressée me parvient un fumet prometteur. Tout est si appétissant, si parfait ! Alors, pourquoi est-ce que je pleure ?

Je m'éveille, toujours enfermé. J'en ai assez. Je veux sortir d'ici ! Odeurs, sons, flashes, contacts et goûts divers stimulent mes sens. Mon ventre gargouille : j'ai faim. Mon dernier rêve me revient en tête et j'essaie d'oublier cette sensation de creux qui n'est guère que le prélude de la faim. On ne meurt pas pour avoir sauté un repas.

Le caisson s'ouvre. Combien de temps a-t-il pu s'écouler depuis sa fermeture ? Difficile à dire vu les murs tous aveugles et l'absence d'horloge. Les autres élèves se frottent les yeux, bâillent et s'étirent.

Je cherche Arsh et Yan du regard, mais je ne les vois pas. Je m'informe auprès de Drinah :

— Où sont Arsh et Yan ?

— On dit « monsieur Arsh » ou « le maître », me corrige-t-elle. Ils vont bientôt revenir.

— Yan n'a pas été chassée ?

— Non, David, me répond Arsh qui entre dans la pièce avec une Yan tout ébouriffée et visiblement épuisée.

Qu'ont-ils fait ? L'amour ? Arsh tourne la tête vers moi. Son cerveau ne se déconnecte donc jamais du mien ?

— *Pour ne pas entendre vos pensées, il faudrait que je me bouche les « oreilles mentales » ; et encore ! Vos pensées sonnent si clair et si net !*

Pendant qu'il me transmettait sa réponse télépathique, il parlait avec Yan. Comment arrive-t-il à tenir deux conversations simultanément ?

— *L'entraînement, David, l'entraînement.*

Ce n'est peut-être pas plus difficile que d'écrire en parlant ; on s'exerce un peu et on y parvient. Arsh poursuit son conciliabule avec ses deux aides et les élèves continuent de discuter entre eux. Nous parlons de nos rêves, des caissons et essayons de deviner leur utilité. Quand les trois anciens se taisent, nous agissons de même.

— Joy, Igor, Mika et Mary, suivez les gardes. Votre initiation se termine ici.

Les quatre nommés se regardent, interloqués. Mika se ressaisit la première.

— Peut-on connaître la raison de—

Arsh l'interrompt.

— Vous connaissez tous la raison de votre renvoi.

— Mais, voyons, ce n'est pas sérieux. Nous ne pouvons pas être chassés parce que nos rêves ne vous plaisent pas.

— Vos rêves, vos réactions face à l'imprévu et votre santé ont été examinés. Au-dedans comme au-dehors, le moral comme le physique, chez vous rien ne va.

— Je suis en bonne santé et en pleine forme, affirme Joy.

— Tu es malade ; nous le savons tous les deux.

Joy se rétracte :

— Je suis malade, c'est vrai. J'ai l'eurynomos et je vais bientôt mourir. N'ai-je pas le droit de vouloir finir ma vie de la meilleure façon ?

— Si je te propose de t'envoyer sur Hermès, accepteras-tu ?

— Que devrais-je y faire, en admettant que les Hermésiens me laissent vivre assez longtemps pour que je me pose sur leur planète ?

— Je ne peux rien te révéler ici. Tu acceptes aveuglément et sans condition ou tu retournes finir tes jours chez toi, Joy. Quelle est ta décision ?

— J'accepte, répond-elle sans hésiter.

Ce genre de marché n'intéresse pas les trois autres, qui semblent plus prêts à se ruer dehors qu'à s'engager dans une mission inconnue sûrement dangereuse. Fabien conduit Joy ailleurs. Drinah et les gardes raccompagnent les autres. Nous voilà quatorze, et le premier jour n'est pas terminé.

Gao pose la question qui me chiffonne depuis que nous avons quitté les caissons :

— Avons-nous tous fait les mêmes rêves ?

— Pas tout à fait. Le contexte, les éléments essentiels vous ont été suggérés. Le scénario est de vous.

— Si j'avais rêvé que je demeurais indifférent à la misère des enfants d'Alogna, m'auriez-vous chassé ?

— Non, Kim. Certains parmi vous ont rêvé bien pire que de demeurer froid au sort des indigents, et ils sont toujours là. Seulement, dans leur cas, leurs réactions physiologiques démentaient leurs actes imaginaires. Quant à votre santé, si elle n'est pas idéale chez chacun de vous, elle est au moins bonne.

— Vous avez appris tout ça à l'aide de ces caissons ?

— Presque, Jinhe, répond Arsh avec un sourire de connivence à notre intention. Quand je les ai fait construire, j'ai demandé qu'on y installe certains instruments produits par la science et la technologie darumiennes. Ces instruments me facilitent la tâche en me permettant de m'occuper de plusieurs personnes à la fois et de m'adjoindre des assistants, disons, moins « expérimentés ».

Quelque chose me dit que l'expérience dont sont dépourvus ses assistants a trait à la télépathie.

— Ces caissons vous servent-ils à autre chose qu'à nous mesurer sous tous les angles ? questionne Jéza.

Elle semble inquiète. Soupçonne-t-elle Arsh de les utiliser à des fins déloyales ou craint-elle qu'ils ne lui aient permis d'en connaître plus sur elle qu'elle ne voudrait en révéler ?

— Non, Jézabelle, mais pour pouvoir le faire, il nous faut utiliser quelque chose qui a été introduit en vous à votre naissance.

Pourquoi s'arrête-t-il de parler et nous examine-t-il avec cette expression déçue plutôt que de nous rassurer immédiatement en nous expliquant de quoi il retourne ? Après avoir eu l'air d'hésiter, il se décide à tout nous expliquer.

— Il s'agit de votre implant séméiologique. Nous l'avons raccordé au système d'enregistrement et de transmission de données des caissons, ainsi qu'à Pierce, l'IA centrale d'Éden. Par l'intermédiaire de votre implant, nous pouvons connaître à tout moment vos rythmes cardiaque et respiratoire, votre pression artérielle, votre température interne, la composition de votre sang et votre activité cérébrale, quand activité cérébrale il y a, bien entendu, précise-t-il avec un sourire malicieux.

— Vous ne nous avez rien dissimulé d'autre ? insiste Jéza.

— Je ne vous dissimule rien ; seulement, je ne vous dirai pas tout.

Les réactions sont assez partagées. Quelques-uns grognent. D'autres sourient. Les derniers ne savent pas trop sur quel pied danser.

Ahmed veut des éclaircissements :

— Et que nous tairez-vous ?

— Ce que je ne peux vous dire sans risquer de compromettre le bon déroulement de votre épreuve d'admission.

— Mais… commence Daniella.

— Assez de bavardages, l'interrompt le maître. Passons maintenant à la suite.

Chapitre 7

Maître Arsh sort alors de l'une de ses poches deux objets sphériques. Il en lance un à Ahmed.

— Garde cette bille à la main, lui commande-t-il.

Le regard d'Ahmed fait la navette entre sa main gauche dans laquelle il tient la bille blanche et le maître. Graduellement, son visage se crispe jusqu'à afficher une expression profondément choquée. Il finit par laisser tomber la bille.

— Ramasse-la, Ahmed.

— Non.

— Alors, sors.

Ahmed ressemble à quelqu'un en lutte avec sa conscience.

— Cette… chose (il a presque craché ce mot) n'est pas naturelle !

— Naturelle ! Est-ce qu'un androïde est naturel ? Tu es très fort en programmation, n'est-ce pas Ahmed ?

— Je ne vois pas le rap…

— Ne me mens pas, ou ce sera la dernière phrase que tu prononceras ici.

Ahmed baisse la tête et regarde fixement la bille à ses pieds.

— Et des yeux tout neufs, c'est naturel ?

— Ma sœur n'a rien à voir là-dedans ! jette Ahmed, indigné.

— Tout ce qui vous concerne est du plus grand intérêt pour moi.

Il me vient soudain à l'esprit que depuis ce matin, Arsh a dû parler en une dizaine de langues différentes. Quand une traduction simultanée couvrant presque complètement la voix des gens vous permet d'entendre tout ce qu'ils disent dans votre langue maternelle, il faut se montrer très attentif pour savoir dans quelle langue ils vous parlent en réalité ; surtout que l'implant traducteur nous transmet la traduction avec la même voix qu'eux. Quel intérêt a-t-il trouvé à apprendre toutes ces langues alors que notre implant les traduit pour nous ?

— L'implant ne traduit pas les pensées des gens, il ne fonctionne pas toujours bien et il arrive aussi que l'on nous en prive, répond-il dans ma tête.

Ahmed s'est enfin résigné à ramasser la bille. Mais, elle ne lui plaît vraiment pas. Il était bien content quand Arsh lui a dit de la remettre à Kristin.

Quand Ahmed lui tend la bille, elle l'examine d'abord avec suspicion et hésite à la prendre. Ahmed lui dit avec brusquerie :

— Allez, prends-la. Tu vas en raffoler.

Kristin jette un œil craintif sur Arsh, puis tend lentement sa main vers celle d'Ahmed. On jurerait qu'elle croit que cette bille va lui sauter dessus. Ahmed s'empare de la main de Kristin et y dépose la bille de force. Kristin pousse alors un « A… A… A… Aaaah ! » qui n'en finit pas et qui est presque obscène. Un sourire béat lui illumine le visage. Après quelques secondes, elle réussit à demander, la voix frémissante :

— Si… j'avais une bille… comme celle-ci, je vous jure… que j'oublierais… le sid. Où se les… procure-t-on ?

— On ne se les procure nulle part. Il n'existe que quatre billes comme elles. Marissa Borg en possède deux. Vous voyez les deux autres. Continuez de vous la passer.

— Oh ! fait Kristin, déçue de ne pouvoir la garder plus longtemps.

Ahmed ne voulait pas toucher à cette bille et Kristin ne veut pas la lâcher. Quels effets a-t-elle pu produire ? Daniella, juste à ma gauche, prend la bille et s'exclame :

— Ah ! Madre mia !

Je l'ai entendu clairement malgré le traducteur qui ajuste l'intensité de la traduction à celle de son exclamation. Pendant qu'elle tient la bille dans sa main droite, sa main gauche s'agite et en exprime autant que la multitude d'interjections et d'expressions colorées qu'elle enchaîne au milieu d'un délirant éclat de rire. Arsh lui fait signe de me remettre la bille. Elle me la cède avec un grand sourire et des étincelles dans les yeux.

— T'es prêt ? Sûr ?

— Oui, oui, fais-je en souriant aussi ; même si je garde un peu d'inquiétude.

On ne sait jamais, peut-être que cette bille ne fait de bien qu'aux filles ! Je la prends avec précaution et…

— Oh, Shaddaï !

J'en suis tout étourdi. Quel plaisir fantastique ! Je suis envahi d'un bien-être surhumain qui m'échauffe en dedans pendant que ma chair frissonne et que dans mon esprit se dévoilent toutes les splendeurs de l'univers.

La réaction des autres s'apparente à la mienne. Seul Ahmed n'a pas apprécié l'expérience. Qu'a-t-il contre le bonheur ?

— Pourquoi ne pas le lui demander ? me suggère mentalement le maître.

— Ahmed. Le bonheur ne te plaît donc pas ?

Il me regarde comme si j'étais un parfait crétin. Ça m'apprendra à suivre les conseils du maître !

— Le bonheur ? Tu crois que c'est ça le bonheur ? me demande-t-il en désignant Leif qui, le dernier, tient la bille avec une gueule d'homme perdu. Cette bille est pire que le sid, pire que toutes les drogues : elle vous charme pour mieux vous tromper.

Je crois comprendre son point de vue. Même si le sid ne crée pas de dépendance physique, il est insidieux du point de vue psychique : on ne cherche pas à améliorer une réalité individuelle ou sociale quand on ne la voit pas. N'empêche que je reprendrais bien cette bille encore un peu.

Arsh reprend la bille blanche et la range dans sa poche, puis lance l'autre, noire, à Leif. Aussitôt qu'elle lui touche les mains, il la jette comme si elle l'avait brûlé.

— Ramasse-la, ordonne Arsh.

Leif grimace mais obtempère. Il tend vers la bille une main peureuse. Quand elle se referme sur la sphère noire, un tremblement spasmodique se communique de son bras au reste de son corps. Il se redresse avec peine et jette à Arsh un regard qui l'implore. Ce dernier lui dit :

— Combien de temps as-tu conservé la première bille, Leif ?

— Je… n'sais… pas, répond-il comme si les mots se refusaient à quitter sa gorge.

— Presque deux minutes. Des quatorze, tu es celui qui l'a gardée le plus longtemps. Il reste encore (il consulte son com) quarante-huit secondes avant que je ne t'autorise à la remettre au suivant.

— Comment fonctionnent-elles ? demande Francesco.

Je suis heureux que quelqu'un fasse diversion.

— Conduction nerveuse. Ahmed a raison de croire que ces billes sont des mensonges. Il leur suffit de recevoir le plus infime message de douleur ou de plaisir pour qu'elles l'amplifient démesurément. Et elles utilisent toutes vos facultés mentales, y compris votre mémoire et votre imagination, pour donner un sens à ce plaisir et à cette souffrance.

Arsh se tourne vers Leif. Ce dernier se débarrasse de la bille noire en la jetant dans la main d'Yan et pousse un tel soupir de soulagement qu'il recouvre presque le jappement de surprise de sa voisine.

— C'est a… troce ! geint-elle.

— Pourquoi nous infligez-vous cette horreur ? demande Kristin, bouleversée par la scène.

— Pourquoi ne m'as-tu pas posé cette question lorsque tu avais la bille blanche ?

— Mais… ce n'est pas la même chose. Cette bille, répond-elle en pointant du doigt les mains d'Yan, est un concentré de souffrance.

Je crois que pour elle ce dernier mot est l'expression même de l'immoralité, de l'abjection, de ce qui doit à tout prix être interdit ; l'idée même de la souffrance devant être extirpée de tout esprit et jetée dans le néant. Si, pour y parvenir, il faut se givrer la cervelle de sid et oublier que tous ne partagent pas son illusoire bonheur, tant pis.

Prendre cette bille ne me tente pas plus qu'elle, mais je ne risquerai pas d'être chassé pour l'éviter.

La bille poursuit son parcours dévastateur à chaque signe du maître, qui poursuit son explication.

— Les deux billes sont reliées entre elles. La bille blanche n'émettra aucun message bénéfique si la noire n'enregistre pas les messages de douleur émis par vos cerveaux.

Cette déclaration cloue le bec à Kristin. Je crois que, si ce n'était que d'elle, nous aurions tous droit à la bille noire et elle seule à la blanche. La bille noire se rapproche beaucoup trop vite de moi ! Il ne reste plus que Sipho et Gao, et ce sera mon tour. Gao interroge :

— L'inverse est-il aussi vrai ?

— Exact. Les messages de douleur de cette bille-ci ont été accumulés à la suite de ce que vous avez ressenti avec l'autre bille.

Sipho vient de prendre la bille. Dans une minute, j'y passerai.

— Pourquoi ne gardez-vous pas la bille blanche à la main comme vous l'avez fait avec la noire ? questionne encore Kristin, que tout ceci dépasse.

— Afin de profiter de votre souffrance ? Son contenu de bonheur, qui s'accroît d'une personne à l'autre en ce moment, vous est destiné.

Une infinie gratitude se lit sur le visage de Kristin.

Voilà mon tour. Je ne veux pas échapper la bille, alors je mets mes deux mains en coupe l'une sur l'autre pour refermer la gauche sur la droite s'il le faut.

L'effet est instantané et fulgurant. Un vertige immense me jette presque à terre. Des images monstrueuses me triturent les neurones. Combien de siècles de malheur contient cette chose ? Des milliards de bouches hurlent en moi leur détresse, leur misère, leur peur... Comment mettre un terme à ces souffrances, à toutes ces souffrances ?

Depuis combien de temps ai-je cette bille ? Des jours, à coup sûr. Si c'est mon bonheur de tantôt qui me vaut d'avoir maintenant toute la damnation du monde dans chacune de mes cellules, autant vivre dans la banalité et la monotonie.

— *La vie ne nous donne pas toujours à choisir entre le bonheur, le malheur et la confortable tiédeur de la monotonie, David.*

— Si je... gardais la... bille noire... plus longtemps... est-ce que vous...

M'épargnant la suite de cette pénible tentative de question, le maître répond :

— Tu l'as déjà depuis trois bonnes minutes, et Daniella ne paraît pas très soucieuse de t'en libérer.

Celle-ci, confuse, tend la main. Je regarde le maître qui acquiesce de la tête. Même si je voulais savoir si la prolongation de ma souffrance abrégerait celle des autres, je ne suis que trop heureux de remettre la bille à Daniella. Pour lui éviter de l'échapper, je garde un instant mes mains fermées sur les siennes. Est-ce que j'effleure la bille ? La douleur qui secoue Daniella me traverse encore. Une larme coule sur la joue de mon amie. J'y trempe un doigt et le pose sur mes lèvres. Elle arrive, mais à quel prix, à me sourire. Je retire mes mains des ailes de cet oiseau tremblant que forment ses mains jointes. Ma douleur cesse net.

— Quand vous entrez en contact télépathi..., tentai-je de demander avant d'être interrompu par le maître.

— *Avec qui ai-je eu ce genre de contact ? Je ressens ce que vous éprouvez, David.*

— Mais lorsque vous répondez à nos questions, est-ce que vous gardez la... enfin le...

Comme je n'arrive pas à formuler ma question en évitant de parler de télépathie, Arsh vient à mon secours :

— *Je ne romps jamais le contact.*

— Comment arrivez-vous à répondre si... si... ?

— *L'entraînement, David, l'entraînement,* me répond-il toujours aussi farceur.

Pourtant, cette fois, la blague me reste en travers du cœur. Supporter de vivre ainsi, jour après jour !

Les jeunes nomment cet endroit l'Enfer, mais qui y souffre le plus, lui ou nous ? Même s'il garde le contact télépathique quand nous faisons circuler la bille blanche, il conserve alors la bille noire à la main. De toute façon, il doit s'efforcer de demeurer froid ; comment sans cela s'assurerait-il que tout se déroule normalement ?

Ahmed a la bille noire maintenant. Il regarde Arsh d'un air bravache.

— *N'est-il pas naturel que Satan vive en enfer, Ahmed ?*

Pourquoi me parle-t-il du diable, ce démon, et pourquoi m'appelle-t-il Ahmed ? Se peut-il qu'Arsh fasse en sorte que nous recevions, tous ensemble, certaines de ses pensées ? Peut-être que cette question était d'abord destinée à Ahmed. Il n'est pas non plus impossible que les autres aient compris certains des messages télépathiques que le maître m'a transmis.

Arsh rattrape avec adresse d'une seule main la bille noire, que lui lance Ahmed. Fabien, comme Drinah, est de retour et sort d'une poche un petit objet qu'il tend au maître. Celui-ci fixe l'objet à la bille et la pose ensuite au creux de sa main gauche dont la paume est tournée vers le sol. La bille y adhère. Il fait ensuite de même avec l'autre bille. Il remet la blanche à Kristin et l'autre à Ahmed.

Que penseraient Dennis, Masha et mes autres amis si je leur disais : « Eh, les amis ! Vous savez à quoi j'ai joué à Éden ? J'ai joué aux billes. » Je sais bien que je ne pourrai rien divulguer, puisqu'il me faudra promettre le silence sur l'épreuve avant de retourner chez moi, mais ces pensées m'amusent.

— Ahmed devra garder la bille noire aussi longtemps que quelqu'un ne la lui réclamera pas. Quant à Kristin, tant qu'elle ne décidera pas de se départir de sa bille blanche, elle pourra la conserver. Si elle le souhaite, elle peut la garder jusqu'à la fin de l'épreuve d'admission.

Quelle expression de contentement sur le visage de Kristin !

— Vous ne devez forcer personne à donner la bille blanche ou à prendre la noire. Vous et vous seuls décidez, en votre âme et conscience, de ce que vous choisissez de faire. Ce petit jeu de billes, termine-t-il en souriant à mon intention, prendra fin quand je le jugerai bon.

— Et la nuit, Maître ? demande Sipho.

— La nuit comme le jour, le jeu continue.

— Ah ! Alors, voulez-vous me mettre le réveil pour trois heures du matin ?

Nous rions tous à l'exception d'Ahmed qui tient encore la bille noire. Je la lui enlève et la pose sur mon nez. Tout le monde rit encore, sauf moi. J'ai beau essayer, impossible. Je ne réussis même pas, comme Daniella y était arrivée, à sourire. Cette dernière m'enlève la bille et se la fait voler avant d'avoir eu le temps de la faire adhérer à son nombril où elle cherchait à la mettre. La bille noire passe rapidement entre toutes les mains ou presque. Kristin, elle, conserve toujours la bille blanche. Nous finissons tous par la dévisager et elle se résigne à donner sa bille à Jinhe.

— Savez-vous ce qu'est la communication non verbale ? interroge le maître.

— Oui, répond Daniella. Quand on dévisage quelqu'un pour le pousser à se départir d'une certaine bille blanche, on communique de façon non verbale.

Un beau rire secoue Arsh.

— Très juste, Daniella. Il vous faudra éviter cette forme de persuasion comme les autres plus directes.

Bien que je ne me sente nullement rassasié du plaisir de la bille blanche, qu'on vient de me remettre, je la donne à Francesco.

Changeant de sujet, Ludmilla demande :

— Un peu de pain sec avec un grand verre d'eau bien fraîche, ça ne vous tente pas ?

Arsh rit de bon cœur. Nous aussi, d'ailleurs. Quand les rires s'espacent ; Arsh, très sérieux, répond :

— Un autre jour, peut-être.

— Comment ça, « peut-être » ? crie presque Sipho. Je meurs de faim et de soif, moi !

— Il y a un excellent restaurant dans une pomme géante à quelques minutes d'ici. Tu n'as qu'à y aller, Sipho.

— Je pourrai revenir ?

Le maître ne se donne même pas la peine de lui répondre. Ludmilla tempère :

— Ne pouvons-nous pas au moins avoir un verre d'eau froide ?

— Non, Ludmilla.

— Pas même d'eau tiède ? transige-t-elle, à demi sérieuse.

Nous rions un peu ; mais de devoir attendre un autre jour « peut-être » ne nous amuse pas tellement. Malgré son air compatissant, Arsh répond avec fermeté :

— Rien, Ludmilla.

— Quelle heure est-il ? veut savoir Yo.

— L'heure d'un nouveau jeu, répond le maître.

— Pas comme les billes ! s'écrient plusieurs d'entre nous.

Les autres font « Ah non ! » Ce qui me rappelle que je n'ai pas eu de billes depuis un moment. Je cherche qui les a. Jéza a la bille noire et Francesco la blanche. Je vais prendre la noire sur l'épaule de Jéza qui me paie d'un sourire.

— Je devais l'avoir depuis au moins cinq minutes, me dit-elle.

Le temps s'étire lorsqu'on a la bille noire ; mais nous pourrions l'avoir aussi longtemps, si les autres, comme moi, oublient que le temps passe et que les billes demeurent.

Lorsqu'Yo m'enlève la bille noire, Gao s'approche pour lui remettre la blanche en même temps. Yo regarde Gao, ébahi par ce qu'il vient de découvrir :

— L'effet d'une bille annule celui de l'autre, nous assure-t-il.

Comment Gao l'a-t-elle deviné ?

— Non, Gao, refuse Arsh. Donne-la à quelqu'un d'autre. Je voulais connaître le génie de ce beau groupe qui trouverait cette solution le premier. Tu y as mis le temps, Gao. Il y a plusieurs années, Fédora Lynn n'avait pas mis cinq secondes pour recourir à la même méthode. Mais, ce moyen n'entre pas dans les règles du jeu.

Pendant tout le reste de ce jour, alors que nous continuons à nous transmettre les billes, nous participons à des activités qui nous permettent de nous observer les uns les autres, d'apprendre à nous faire confiance et de nous souder en une seule équipe.

Pour l'un de ces jeux, on nous fait porter des ceintures-g grâce auxquelles les anciens réduisent ou augmentent à volonté la force d'attraction terrestre agissant sur nous. La pièce aux murs matelassés où l'on nous a conduits est bientôt remplie d'élèves flottant à diverses hauteurs. Leurs déplacements ne sont guère prévisibles, même pour le principal intéressé. Celui qui, battant bras et jambes, croit pouvoir enfin se diriger dans la direction souhaitée, se sent soudain attiré au sol, quelquefois jusqu'à ne plus pouvoir bouger. Telle autre, qui marche normalement au sol, se met tout à coup à voler.

L'ambiance est très animée et fort joyeuse. Nous nous moquons amicalement de nos maladresses et sympathisons avec ceux que l'intervention du maître ou de l'un de ses aides prive de l'atteinte de leur but tout proche.

Après une journée interminable, le maître met fin aux jeux. Pendant que nous retournons dans la grande salle circulaire, je libère Ahmed de la bille noire. Il me dit : « Merci, frère ! » Étant donné que je suis droitier, je la place au creux de ma main gauche. Ainsi, si je recourbe les doigts, elle ne se verra presque pas et me gênera peu dans mes mouvements.

Drinah et Fabien font jaillir du mur, dans sa demi-courbe la plus éloignée de la sortie de cette salle, des lits flottants. Leur champ micro-g nous maintiendra à quelques centimètres du sol durant tout notre sommeil. Les lumières se tamisent d'elles-mêmes.

Sans savoir que j'ai déjà la bille noire, Yan me fait cadeau de la blanche. Pendant quelques secondes bénies, je me sens bien. Je voudrais que ce bien-être dure, mais je sais que je ne devrais pas les avoir toutes les deux ensemble.

Arsh prononce mon nom. Soit il est nyctalope, soit il a encore lu mes pensées. Je donne la bille blanche au gars à côté de moi, sans me soucier de qui il s'agit. Je me couche. Les trois anciens se retirent, nous laissant seuls avec une sentinelle montant la garde près de la porte donnant sur le corridor. J'irais volontiers marcher un peu dehors pour me rafraîchir le corps et l'esprit.

— Bonne nuit tout le monde ! nous dit je ne sais qui.

Chapitre 8

La longueur de la nuit a été inversement proportionnelle à celle du jour : elle n'a duré, tout au plus, que deux ou trois heures. Ma recherche de sommeil s'est avérée bien sûr infructueuse.

Arsh est entré dans la pièce à l'instant même où se rallumaient les lumières ; à moins que ce ne soit l'inverse. Serait-ce sa présence qui déclenche l'illumination ? Deux nouveaux assistants l'accompagnent.

Je quitte le lit sur lequel j'ai passé les pires moments de ma vie. Je suis le premier à me lever. Pendant ce temps, les nouveaux aides du maître secouent sans ménagement les dormeurs qui se réveillent en grognant. La fille, une mignonne petite rousse, s'arrête devant moi et lève ma main gauche. Elle consulte le maître du regard. S'il lui répond quelque chose, il le fait mentalement qu'à elle en fronçant les sourcils.

Le gars vérifie qui a la bille blanche. Il me semble qu'avant de me coucher, je l'ai remise à Francesco. Dans ce cas, il n'aura réveillé personne pour s'en dessaisir. Il a dû faire de beaux rêves. Moi, je ne souhaite plus qu'une chose, que l'on m'enlève la mienne au plus vite. Je suis épuisé. J'attends donc impatiemment qu'Arsh engueule ses élèves de ne pas avoir eu plus de pitié pour moi ; mais, il n'en fait rien. Que vais-je devenir ?

— Voici mes nouveaux assistants : Maud et Wil.

Le groupe leur souhaite la bienvenue. Tout en continuant à éteindre les lits, ils nous saluent et nous demandent si nous avons bien dormi. Personne ne vérifie comment je me porte. Ils le devraient : la tête me tourne et je flageole.

On parle. Je n'entends que bourdonnements. Quelque chose ou quelqu'un passe et repasse devant moi. Je m'écroule. Lorsque je me ranime, la douleur s'est dissipée : on m'a libéré de la bille. Je me sens tellement, oh tellement bien ! Des mains secourables me soutiennent quand j'essaie de me relever. Le maître s'approche.

— Comment vas-tu, David ?

Encore un peu étourdi, je chancelle. Les mains du maître me retiennent. Il est fort ; beaucoup plus qu'il ne le paraît. Il aura veillé à conserver la force acquise sur Daruma, où la gravité est supérieure à celle de la Terre.

— Je me sens mieux, beaucoup mieux.

Pour le lui prouver, j'exécute en souriant deux petits pas de danse.

Le sourire du maître répond au mien. En posant une main à la jonction de mon épaule et de mon cou, il me demande :

— D'attaque pour la suite ?

— Je n'ai pas dormi, mais les autres n'ont pas beaucoup plus bénéficié du sommeil.

On nous mène aux douches. Nous ne pourrons pas nous y désaltérer, car ce sont des douches sèches. Trois secondes sous les ondes de ces appareils et hop ! Nous voilà tout nets et même guéris de nos blessures superficielles.

Depuis que je suis sorti de l'inconscience, aucun de mes camarades n'a prononcé un mot. Je trouve ce silence anormal. Le maître les aurait-il grondés si fort ? Il m'explique que non.

— Si tous se taisent, c'est que je le leur ai ordonné. À partir de maintenant et à moins que l'un des anciens ne vous y autorise, vous ne devrez prononcer une seule parole, ni communiquer par écrit ou par signes. Le seul signe qui soit autorisé est celui-ci.

Il lève alors ses bras vers nous, ses poignets posés l'un sur l'autre.

— Peut-être vous rappelez-vous avoir vu Courage lever les bras ainsi.

J'ouvre la bouche pour dire que je l'ai aussi vu faire par Frances Herbert, mais me ravise. Je ne dois pas parler. Arsh pose un œil sur moi et continue :

— Certains ont vu Frances Herbert faire le même geste avant son départ pour Hadès.

La plupart des novices hochent affirmativement la tête. Wil retire alors de son étui lié à sa cuisse un objet oblong qu'on dirait fait de cuir. Il appuie sur un bouton sous ses doigts. Une baguette lumineuse s'extrait de l'objet. Il en effleure tous ceux qui ont hoché la tête.

— Pas de signes, rappelle Arsh d'une voix inquiétante à force d'être grave tandis que la baguette chuinte chaque fois qu'elle effleure l'épaule d'un élève. Vous avez montré votre assentiment par signe ; voilà la raison de l'emploi de la badine. Le manche de cet instrument porte un cadran gradué d'un à vingt. Il est au minimum en ce moment.

Minimum ou pas, tous sursautent au contact de la baguette. Wil passe devant moi sans me toucher.

— Les gardes portent aussi un instrument de ce genre ; sauf qu'en plus du cadran, ils peuvent positionner un poussoir sur « puissance 2 », « puissance 3 » et « arrestation ». Comme vous l'avez sans doute deviné, « puissance 2 et 3 » signifie que l'intensité est multipliée par ces nombres. Quant à « arrestation », ce mode provoque la paralysie immédiate et totale, mais temporaire de tout humain ou de tout humanoïde normalement constitué qui reçoit la décharge alors éjectée du manche. Tous ceux qui s'inscrivent à Éden en sont avertis. Quand, pour une raison ou pour une autre, nous devons appréhender l'un d'eux contre sa volonté, cet instrument nous facilite le travail. Cependant, il est très rare que nous y ayons recours : en général, l'avertissement suffit.

Je croyais que la badine demeurerait sans effet sur Jinhe qui a, en ce moment, la bille blanche ; mais sa réaction a été encore plus vive que celle des autres. Il remet sa bille à Kristin et annonce :

— J'abandonne. J'en ai assez d'être traité plus mal que du bétail. Si je croyais en mes chances de succès, je demanderais que l'on enquête sur ce qui se passe ici : on ne mange ni ne boit, on dort peu, il y a ces billes et maintenant ces badines ! Mais comme la C.P. est souveraine absolue sur le territoire de ses institutions, alors... Adieu, les amis ! Si vous trouvez légitime tout ce que l'on vous impose ici, restez. Moi, je pars.

Sur ce, il se dirige vers la porte.

— Tu sors tout nu, Jinhe ? taquine le maître.

Rougissant de sa distraction, Jinhe revient chercher ses vêtements que lui tend Maud.

— Au bénéfice de tes camarades, puis-je te poser une question avant ton départ ?

Jinhe ne dit pas non, mais commence en silence à s'habiller.

— Sur quelle planète espérais-tu être envoyé après ta formation à Éden ? Sur Arcadia ? Jouvence ?

Arcadia et Jouvence sont les deux planètes du Monde libre où la vie est la plus douce. Jinhe rougit encore plus que la fois précédente. Il continue de se vêtir sans répondre.

— Ainsi, tu juges que ni eux ni moi ne méritons que tu nous répondes ?

— Je... voulais aller (il déglutit et termine d'un jet) sur Ogmios.

Ogmios, la belliqueuse, ne fait pas partie du Monde libre parce que la C.P. n'est jamais parvenue à lui faire signer un traité de paix ou de non-belligérance. De temps à autre, quand la guerre qui y règne comme une condition normale d'existence (tant qu'ils n'en mourront pas tous) s'apaise un peu, quand les Ogmiosiens pansent leurs blessures et planifient la suite de leurs jeux guerriers, la Communauté leur envoie un émissaire. À ce jour, aucun n'en est revenu. Tous n'y sont pas morts pourtant.

Ogmios a récemment expédié au Monde libre un film montrant comment elle traite les émissaires encore vivants chez elle. Ogmios les a transformés en bêtes de somme. Elle les traite avec bien plus de dureté qu'aux siècles passés, nous traitions le bétail !

Jinhe se voyait en héros pacificateur d'Ogmios. Pour l'instant, il se sauve. Faisant fi de la contradiction entre ses espoirs et ses actes, il a fini de se vêtir et est parti comme une comète vers la liberté et le confort physique et moral. Quelqu'un d'autre devra convaincre cette violente planète de ne pas tous nous faire porter le bât.

— S'il y en a d'autres qui croient que Jinhe a raison, je les autorise à parler pour exprimer leur avis. À moins que vous ne souhaitiez tous partir ; cela me permettrait d'aller dormir.

Je songe qu'il n'a pas dû dormir plus que ses élèves. Il est même probable qu'il n'ait pas plus dormi que moi.

— Les choses vont-elles empirer, monsieur ?

— Je vous ai autorisés à donner votre opinion, pas à me questionner, Kristin.

Pendant qu'il répond d'une voix de basse, Maud applique la badine à Kristin qui s'en mord les lèvres.

— Vous savez tous à quoi vous en tenir à ce sujet. Ne vous ai-je pas promis à votre arrivée de faire tout ce qui serait en mon pouvoir pour que vous échouiez ?

Me serait-il pire que l'on use sur moi de la badine ou que l'on me chasse ? Je n'ai pas à examiner bien longtemps la question. Pour moi, c'est certain, le moindre mal est la badine.

Sans réfléchir à mon acte, j'ai levé la main pour demander la parole. Puisque l'on nous a autorisés à parler, mais non à employer des signes, Wil me touche de sa baguette. J'ai fermé les yeux et retenu mon souffle. Le bref pincement me fait néanmoins tiquer. Je préfère pourtant de loin cette sensation à celle de la bille noire. Pendant que j'y pense, je la prends des mains d'Ahmed qui s'apprête à me remercier. En voulant l'en empêcher, plutôt que de prendre la bille, je lève la main pour la poser sur sa bouche. La badine de Maud me frôle aussitôt.

— Pourquoi t'a-t-on puni, David ? demande Arsh.

Je réfléchis et desserre les dents pour répondre, lorsque je prends conscience qu'on ne m'y a pas autorisé. Je fixe méchamment ce renard qui ne cesse de jouer de ruse pour nous attraper.

— Bravo ! Enfin, tu te sers de ta tête. Il était temps. À l'avenir, chaque fois que l'un des anciens vous interrogera, non seulement vous pourrez répondre, vous le devrez.

Cependant, soyez bref. Si vous pouvez ne donner que oui ou non en réponse, faites-le. Alors, David ?

— J'ai communiqué deux fois par geste, Maître.

— Très juste et concis à souhait ! Quelqu'un peut-il dire quels étaient ces gestes interdits ?

— Il a levé la main deux fois, l'une pour demander la parole, l'autre pour empêcher Ahmed de parler.

— Très bien, Kim. Si vous désirez demander la parole ou quoi que ce soit d'autre, faites-le en employant le geste que je vous ai enseigné. Mais, avant de l'utiliser, pensez à ceci : ce geste, en plus de signifier « permettez-moi », veut aussi dire « je reconnais mon erreur », « je vous remercie », « demandez-moi ce que vous voulez » et « je vous, offre mon amitié ». Dans ces trois derniers cas, si vos remerciements, votre offre d'assistance ou votre amitié sont acceptés, nous poserons la main à la jonction de vos poignets. Dans le cas où vous offrez votre aide, l'acceptation entraînera une demande immédiate ou ultérieure. Dans le cas où vous offrez votre amitié, l'acceptation signifie aussi que cette amitié est partagée. L'ambiguïté de ce geste est voulue. Vous devrez l'employer avec parcimonie ; on ne sait jamais comment il sera interprété. Vous pourriez en user pour demander la parole et qu'il soit compris comme la reconnaissance d'une erreur ou une proposition d'assistance. L'une ou l'autre de ces interprétations entraînera sa conséquence propre : punition ou requête. Vous ne pourrez alors protester contre la méprise volontaire ou non commise à votre égard. Vous ne pourrez qu'en accepter les conséquences ou partir.

— Ahmed a l'audace d'utiliser le seul geste auquel nous ayons droit.

— Que veux-tu, Ahmed ?

— Si je comprends bien, tout cet invraisemblable charabia fait partie de vos manœuvres pour nous faire échouer. Pourquoi ne pas tout simplement nous jeter tous dehors séance tenante ?

Arsh lui sourit et regarde Wil qui déclare :

— J'ai posé la même question, il y a des années, lors de mon initiation.

— Et que vous a-t-il…, tente de savoir Ahmed, que Wil arrête en élevant sa badine, mais sans le toucher.

— Vous n'avez droit qu'à une seule question par autorisation à parler, nous informe le maître.

Après qu'Ahmed m'ait délesté de la bille noire, je lève à mon tour les bras afin de poser la question qu'Ahmed n'a pu terminer. Je ne reçois pour toute réponse que :

— Assez de bavardage. Servez-vous de ce qui vous tient lieu de cerveau si vous voulez comprendre ce qui se passe ici. Il se pourrait d'ailleurs que l'un de nous vous interroge à ce propos avant la fin de l'épreuve. J'espère que vous aurez alors une réponse sensée à nous donner.

Chapitre 9

Se tournant vers moi, Arsh m'ordonne :

— David, suis le garde.

Il ne me donne pas le moindre motif à cet ordre, et je cherche si je n'aurais pas posé un acte susceptible de provoquer mon renvoi, mais je ne trouve rien. Je lève encore les bras pour le questionner, et il vient poser sa main sur mes poignets en disant :

— Tu es vraiment aimable de m'offrir tes services, David. Je n'ai rien à te demander pour l'instant, mais ça viendra.

Il a cette expression malicieuse que je lui connais bien maintenant. Il m'agace de s'amuser ainsi à mes dépens.

J'accompagne le garde en me disant que je ferais mieux de ne pas abuser de ce damné geste, si je ne veux pas m'occasionner des dettes que je regretterais ensuite de devoir payer. Le garde me conduit dans une salle où je ne suis jamais venu et il s'en retourne. Cinq autres gardes m'y attendent en cercle au centre. L'un d'eux m'ordonne :

— Viens au milieu de nous.

Lorsque je m'y trouve, il commande aux autres :

— Harnachez-le.

Le harnais en question est composé d'une ceinture dont ils m'entourent la taille et d'où partent cinq lanières qu'ils rattachent à leur propre ceinture. Tout cet attirail m'effraie. J'ai le cœur qui bat comme un tambour fou.

— Regarde à tes pieds, David.

J'ai les pieds dans un cercle rouge qui fait environ soixante-dix centimètres de diamètre.

— Tu dois demeurer dans ce cercle. Chaque fois que tu en sortiras, celui d'entre nous qui se trouvera le plus près de toi se servira de sa badine. Il ne cessera de te l'appliquer que lorsque tu seras de retour debout dans le cercle. Compris ?

— Oui.

Pourquoi en sortirais-je ? Je ne leur donnerai certainement pas l'occasion de me punir ! Comme pour me répondre, les gardes commencent à tirer, un à la fois, sur les courroies qui me relient à eux.

— Nous te tirerons ainsi vers nous dans un certain ordre logique que tu devras découvrir. Lorsque tu l'auras trouvé, nous continuerons en changeant de séquence. Tu pourras rejoindre ton groupe quand tu en auras décrypté un certain nombre. Nous en connaissons plusieurs ; mais considère que plus tu seras attentif à nos mouvements, moins il te faudra de temps pour trouver leur succession.

Il s'assure que je comprends ses explications et continue :

— L'ordre dans lequel nous tendrons ces courroies deviendra de plus en plus complexe et la traction de plus en plus ferme. Passé un certain cap, deux ou trois te tireront en même temps de cette façon.

Ils m'en font la démonstration. Bien que chacune des tractions ait été assez faible, l'ensemble réussit à me faire sortir du cercle. Je m'empresse d'y retourner pour que cesse le pincement de la badine.

— L'augmentation graduelle de la force de traction te permettra de t'habituer à conserver la tension nécessaire pour demeurer dans le cercle.

Ils se remettent à tirer. Je découvre vite qu'ils ne font que sauter les nombres pairs : le premier tire, suivi du troisième, puis du cinquième, et ils recommencent. Enfantin !

— Avant de changer d'enchaînement logique, je dois te dire que, pendant que l'on s'amusera à ce petit jeu, on t'interrogera sur ta vie, tes idées, tes goûts, ce que tu détestes, ce qui t'attire ou t'effraie, ainsi de suite. Tu dois toujours te tourner vers celui qui te questionne. Ta réponse doit être précise, complète et, surtout, vraie. Si les autres doivent se taire, toi, tant que tu es ici, tu dois parler ; mais pas de n'importe quoi. Ai-je été clair, David ?

— Oui. J'ai compris.

Je ne sais pas si ces gardes sont tous des apprentis d'Arsh ; mais celui qui vient de me donner les instructions me le rappelle irrésistiblement. Cet alter ego du maître en a adopté la façon de s'exprimer, d'émailler ses phrases de mon prénom et l'attitude générale. Même son physique me le rappelle un peu.

Sans précipitation, presque avec langueur, le jeu de la vérité commence.

— Pourquoi t'être inscrit à Éden, David ? demande l'une des gardes qui se trouve juste derrière moi.

Je me retourne et réponds :

— Parce que je ne pouvais rien choisir d'autre. Toute ma vie, je n'ai rêvé que de devenir un maître.

— Qu'est-ce qui t'attire à ce point dans cette profession ? questionne une autre à ma gauche.

— Je… Je…

— Prends le temps de bien réfléchir avant de répondre. Nous ne sommes pas pressés. Ce que nous attendons de toi, c'est la vérité, toute la vérité. Alors, sois sûr de tes réponses, me recommande le porte-parole des gardes.

Pas un seul instant, ils ne se sont arrêtés de tirer de tout côté. J'essaie de demeurer dans le cercle, tout en réfléchissant au déroulement de leurs actes présents et à la motivation de mes actes passés. Moi qui m'imaginais que ce jeu serait facile !

Je leur explique comment, enfant, je voyais le travail de la Communauté ; comment j'en suis venu à m'inscrire. Je leur parle aussi de mon doute concernant maître Arsh et ses méthodes ; ce qui les fait tous s'esclaffer. En dehors de leur porte-parole, ont-ils connu ces méthodes autrement qu'en les imposant à d'autres ?

— Maintenant, comment vois-tu le rôle d'un maître de la C.P. ?

J'ai fini par découvrir la suite logique de leurs tractions. Elle était pourtant simple ! Lors du premier tour, seuls les gardes impairs tiraient. Au second, seuls les gardes pairs me halaient. Dire que j'ai mis tout ce temps pour trouver cette solution ! Leur nouvelle combinaison me déroute. Elle me paraît incohérente. J'en oublie la question et le chef des gardes me rappelle à l'ordre.

Ma réponse, que je m'applique à rendre conforme à ce que je connais des vues du maître à ce sujet, centralise tant mon attention que, pendant quelques secondes, je me retrouve encore en dehors de ma zone prescrite.

— David, cette réponse ne me plaît pas. Je ne veux pas une leçon apprise par cœur ; je veux ta propre réponse.

— Je ne comprends pas.

Les cinq gardes me touchent ensemble avec leurs badines. Ouf ! Ils ne m'avaient pas averti que je devrais reconnaître comme vrai tout ce qu'ils diraient si je ne voulais pas y goûter. Je me suis laissé choir sur les genoux.

— Debout, David ! Tu dois rester debout.

Je me relève.

— À quoi pensais-tu alors que nous te punissions ?

Ah non ! Pas lui aussi. J'aimerais bien garder mes pensées pour moi seul de temps en temps. Pourquoi veulent-ils m'entendre formuler tout haut mes pensées, alors que je viens juste de leur reprocher tout bas leurs agissements ? Hum ! Il ne devait pas être très difficile de deviner que je n'aimerais pas être ainsi malmené.

— Je me suis dit que vous ne m'aviez pas averti de ce que je risquais si je ne voulais pas reconnaître… la vérité.

À nouveau, les cinq jouent du bâton. Bon, bon, d'accord. Je ne mens plus. Je leur rapporte donc mes pensées avec plus d'exactitude et moins de complaisance.

— Considère-toi heureux que nous nous contentions de nous servir de ces instruments, David. Si le maître était ici, qui sait ce que te vaudraient tes mensonges. Il vaut mieux jouer franc-jeu avec nous.

Ils m'ont ensuite interrogé pendant des heures. Je leur ai tout raconté. Ils en savent plus sur moi que mes amis, plus que mes parents, plus même que Misha, la métisse que j'ai préférée. Ils n'en recommencent pas moins leur interrogatoire depuis le début, leurs questions devenant de plus en plus précises. Je me fais l'effet d'être un prisonnier politique à qui l'on demanderait d'avouer ses « crimes ».

Leurs tractions deviennent plus fortes et plus sèches. Demeurer dans le cercle n'est pas commode. Penser en même temps à découvrir la logique cachée dans la fantaisie qu'ils mettent à me tirailler en tout sens et à mes raisons de vivre me demande une tension d'esprit constante et presque surhumaine. Pourquoi ne discute-t-on pas de ma vie confortablement assis devant un bon verre de bière ou de surâ ? Pourquoi tout est-il si astreignant ici ?

Je pense à m'asseoir et me voici assis par terre, hors du cercle en plus.

— Tu rêves, David ! me sermonne leur chef.

Je ne sais depuis combien d'heures je n'ai pas dormi, et l'on s'attend à ce que je ne rêve pas tout éveillé ! J'en pleurerais. En plus, j'en ai assez de m'analyser et d'examiner à la loupe le plus infime détail de ma vie. Et puis, j'ai faim et une soif obsédante. J'ai tellement sué pendant que les autres dormaient et encore plus depuis que je suis dans cette pièce que je hais.

— À quoi penses-tu, David ?

Malgré le ton amical de sa question, la voix du maître me fait sursauter.

— Réponds-moi.

Les gardes se sont arrêtés et lui livrent passage. Il s'approche et s'immobilise à un pas de moi. Je sens son souffle contre mon visage. Je lui dis tout : que je suis à bout, vidé et le reste.

— Tu te crois au bout du rouleau, n'est-ce pas, David ?

Ce disant, il détache mon harnais ; puis, me retournant avec douceur, il empoigne ma chevelure. Presque au creux de mon oreille, il chuchote :

— Règle ton mouvement et ton rythme sur les miens. Laisse-toi gouverner sans résistance aucune.

Puis, lentement, très lentement, il balance ma tête d'avant en arrière, de droite à gauche, en cercles. Il m'amène à me plier en rythme et en souplesse dans tous les sens.

— Doux, tout doux, murmure-t-il comme au ralenti.

Qu'est-il en train de me faire ? Ma nuque, où toutes les tensions nerveuses de ces deux jours s'étaient accumulées, se décontracte ; une bouffée de chaleur s'y engouffre et se répand dans tout mon corps. Si, lorsqu'il met fin à cet étrange ballet, je n'avais eu le dos appuyé contre sa poitrine, s'il ne m'avait soutenu, je crois que je me serais retrouvé étendu sur le sol. Je dors debout malgré mes jambes en coton. Avec d'infinies précautions, il me tourne vers lui, comme on le ferait d'un objet très rare et très fragile. Ensuite, d'un léger soufflet, il me dégrise en me disant :

— Tu rêves si tu crois que c'est la meilleure façon de voyager.

Le geste et les paroles mêmes de mon père pour me sortir de mes rêveries ! Je lui en veux de ce plagiat. Il n'a pas le droit ! Ma colère est soudain si vive que l'envie me prend de le frapper. Voyant ma fureur, il éclate de l'un de ses rires tonnants.

— Allez ! Vas-y. Frappe, je te le perm…

Ne lui laissant pas le temps de finir, je cogne de toutes mes forces contre son ventre. Il n'a pas bronché et, moi, j'ai mal au poing.

— À ta place, c'est ici que je cognerais, suggère-t-il en pointant du doigt son visage.

Je lève le poing et, lorsque celui-ci va atteindre son but, Arsh est ailleurs. J'enrage ; ça le fait rire. Alors, j'essaie encore de le frapper. Il m'évite. Après plusieurs tentatives infructueuses, je fonce vers lui tête baissée. Sans son intervention, je me cognais durement contre le mur. Il rit à s'en tenir les côtes. Sans même prendre le temps d'y penser, je me retourne et, profitant de ce qu'il est presque plié en deux à force de rire, je lui assène un magnifique coup de genou sur le nez.

Le coup le redresse. Il est surpris de voir le sang couler de l'une de ses narines. Quelqu'un lui donne un mouchoir. Il s'essuie et, me regardant chercher mon souffle, il se remet à rire. Ma colère tombée, je pouffe aussi. Lorsqu'il retrouve son calme, il me dit :

— Tu as plus de ressort que tu ne le croyais, non ?

Pendant que nous nous sourions, je sens un effleurement dans ma tête. Il conclut ensuite :

— Je me suis fait avoir, David. Tu sais pourquoi ?

— Parce que je suis un type hors du commun ?

— Tu veux dire au-dessus ou au-dessous de la moyenne ?

Nous rions encore un peu.

— *Dans ta colère, tu m'as fermé ton esprit une fraction de seconde. C'était suffisant pour me dérouter. Je n'étais plus sur mes gardes.* Je t'ai sous-estimé, David.

Je me redresse et relève ma tête, mimant une fierté que je n'éprouve guère.

Je suis néanmoins étonné d'apprendre qu'on peut fermer son esprit à un télépathe et encore plus de savoir que j'y suis arrivé.

— Il n'y a pas pire erreur pour un initiateur que de méjuger un élève. Je vais réparer mon erreur.

Se tournant vers les gardes, il ajoute :

— Comme vous avez pu le constater, il est plus solide que nous nous y attendions. Alors, allez-y fort !

Non ! Pourquoi m'a-t-il fallu jouer le coq de combat ? Arsh s'en va, me laissant avec les gardes qui me harnachent à nouveau. Le manège repart à la vitesse grand V. Leurs questions-trépans ouvrent des brèches dans ma tête. Le temps passe et travaille pour eux.

~.~.~

Après avoir repris leurs sempiternelles questions, ils vont droit au cœur :

— Depuis combien de temps n'as-tu pas vu Jonathan, David ?

— Qui ? fais-je, inquiet.

— Jonathan Whimp.

J'en perds l'équilibre. Ce nom me rappelle l'une des périodes les moins reluisantes de ma vie. J'allais avoir quinze ans quand j'ai rencontré Whimp. Lui en avait onze. Il était petit, maigrelet et timide. J'en ai fait mon valet. Pendant presque un an, jusqu'à ce que lui et sa famille déménagent, je lui ai imposé tous mes caprices : « va me chercher ceci », « donne-moi cela », « fais ceci », « fais cela ». Il me craignait. J'ai joué de sa peur et m'en suis abreuvé. Pourquoi ? Je me le demande encore. Je suppose qu'il s'est trouvé sur mon chemin au pire moment. Il était ce qu'il n'aurait pas fallu qu'il soit : bonasse et craintif. J'en ai profité une fois ; puis, trouvant facile et agréable de me faire servir, j'ai recommencé. Une drogue. Voilà. J'étais drogué de Whimp. Plus j'en prenais, plus il m'en donnait ; plus j'en redemandais.

Les gardes jouent allègrement de leurs badines. Distrait, je ne prêtais pas attention à leurs mouvements et je suis tombé. Ils tirent fort ; deux à deux parfois. Il faut que je lutte pour rester dans le cercle ; je n'y arrive pas. Pas en pensant à Whimp.

— Je ne l'ai pas revu depuis qu'il a déménagé, il y a plus de deux ans.

— Que s'est-il passé au juste entre vous ?

Je leur explique en détail tout ce que j'ai infligé à Jonathan, toutes les peurs, les souffrances, les humiliations, petites et grandes.

— À ton avis, David, y a-t-il un rapport entre ton désir de devenir maître, ton choix d'initiateur et ta conduite envers Jonathan ?

Je leur répète que je rêve de venir à Éden depuis que je suis né.

— Nous savons cela, m'interrompt-il.

S'ils ne le savaient pas, après le nombre de fois que je le leur ai expliqué !

— Très bien, David. Puisque tu y tiens, nous reprenons tout depuis le début.

Ma tête va éclater sous le cri que j'y pousse : « Je veux rentrer chez moi. JE VEUX RENTRER CHEZ MOI ! »

— *Qu'attends-tu pour le faire ?* me jette, glacial, le maître que je ne vois nulle part.

Quelques secondes plus tard, il nous rejoint.

— Nous ne te retenons pas, tu le sais. Si tu veux partir, la porte est ouverte. Fais à ta guise.

— J'ai soif, fais-je en pleurnichant.

— Je sais. Tu as soif, faim, sommeil, envie de pisser et tu es au bout du rouleau encore une fois.

Le menton sur la poitrine, les larmes me dégoulinent sur le ventre.

Le maître s'approche, me relève la tête d'une main et, de l'autre, trempe un doigt dans mes larmes qu'il porte ensuite à ses lèvres. Un garde lui apporte un linge humide et frais dont il m'éponge tendrement le visage et le cou.

— Que décides-tu, David ? Tu pars ou tu restes ?

Je crois discerner de la tristesse dans sa voix. Je le regarde porter sur moi un regard affectueux. Lui, Greg Arsh, éprouverait un autre sentiment à mon égard que le désir de me réduire en miettes pour examiner si, dans les morceaux, il ne se trouvait pas encore quelque chose d'humain !

Il penche la tête et pose sur mes lèvres l'un de ces baisers-effleurements dont ma mère a le secret. Mais y a-t-il des secrets qui ne s'éventent pas avec lui ?

— Il te faut choisir.

— Je reste. Mais, ne me demandez pas pourquoi.

Il fait signe à un garde qui m'apporte un fond de verre d'une eau tiédasse et salée en plus. Mais j'ai une telle soif que je la bois d'une seule gorgée qui me laisse insatisfait. On me permet d'aller aux toilettes.

Quand je reviens dans la salle d'interrogation, Arsh est reparti. « Trois petits tours et puis s'en va », me chantait ma mère pour m'endormir quand j'étais enfant. Elle me manque. Papa et les amis aussi.

Je retourne au centre du cercle sans attendre qu'on me l'ordonne. Tout recommence encore. Le chef des gardes pouvait bien dire qu'ils avaient plusieurs façons d'opérer leurs tractions ! Ils n'ont pas encore repris le modèle chiffres-impairs. Nous en sommes très loin d'ailleurs. Certains de leurs enchaînements évoquent des suites logarithmiques et des motifs musicaux. Mais je suis si épuisé que, peut-être, j'imagine ce qui n'existe pas.

Quand, après avoir revécu pour la millionième fois toute ma vie, on me demande encore si je vois un rapport entre Whimp et Éden, je réponds :

— Je lui ai fait connaître l'enfer et maintenant, c'est moi qui m'y trouve.

— C'est tout ?

Ils veulent toujours en savoir plus. Je dis tout ce qui me passe par la tête. En ce moment, je verrais un rapport entre les cratères lunaires et les traces d'acné du garde à ma droite. Ils ne me laissent pas m'arrêter et je finis par vomir la vérité.

— Je l'ai torturé pendant un an, et ce n'est pas la seule fois où j'ai agi comme un salaud. Un soir, j'ai vu une fille se faire violer et je n'ai rien fait pour l'aider : j'avais trop peur. Les gars s'étaient mis à six, et je suis resté immobile pour qu'ils ne sachent pas que j'étais là. J'ai tout regardé et j'ai bandé. La fille m'a aperçu. Elle m'a appelé au secours. J'ai détalé à toutes jambes. Je n'ai même pas osé appeler la police ; je craignais trop que les types me retrouvent pour faire taire définitivement.

Je chiale à grands sanglots spasmodiques comme je ne l'ai plus fait depuis mes grosses peines de petit garçon.

— Je suis un lâche et un salaud ! Allez-y, torturez-moi si ça vous excite, dis-je en quittant volontairement le cercle.

J'entends le léger chuintement de la porte qui s'ouvre derrière moi et le bruit de pas qui s'approchent. Je me retourne et, me blottissant contre le maître, je pleure tous mes remords. Il ne m'a pas repoussé. Il a refermé ses bras autour de moi et a attendu que cesse l'averse.

— J'aurais aimé réparer le mal que j'ai causé, mais Jonathan a déménagé et je ne connais pas plus son adresse que celle de la fille. Que pouvais-je faire ?

— L'Informateur m'a donné l'adresse de Jonathan ; elle se trouvait dans le bottin com de ta propre région. Quant à la fille, si tu étais allé à la police ce soir-là, elle serait peut-être vivante aujourd'hui.

— NON… ON… ON !

Je hurle à pleins poumons avant de m'effondrer. Arsh me rattrape avant que je n'atteigne le sol. Il m'allonge par terre et s'assoit à mon côté. Je lui demande :

— Pourquoi m'accabler davantage ? Je ne peux plus rien faire pour elle.

— Pour elle, non ; mais les gens qui ont besoin d'aide sont si nombreux.

Il a terminé sa phrase dans un murmure, le regard ailleurs.

— J'irai voir Jonathan. Je veux qu'il me pardonne.

— Moi, David, je ne serai satisfait que si tu t'en fais un ami.

— Oui, je comprends. C'est logique : comment saurais-je s'il m'a bien pardonné s'il n'arrive pas à m'aimer au moins un peu ? J'essaierai de gagner son amitié.

— Essayer ? Tu t'en fais un ami ou tu m'oublies.

Peu m'importent ses menaces. Je veux y parvenir et j'y parviendrai, coûte que coûte.

— Et… la fille ? Ils l'ont tuée ?

— Non, elle s'est suicidée. Elle n'avait pas eu beaucoup de chance dans la vie. Ce viol a achevé de la démolir. Aussi efficace que soit le personnel de Jeunesse en détresse, il ne pouvait suppléer au manque de sympathie des siens et à l'absence d'amitié. Il lui semblait que son existence n'intéressant personne, elle n'existait pas réellement. De là à s'enlever la vie, il n'y avait qu'un pas qu'elle n'a pas tardé à franchir.

— Comment avez-vous su ?

— Nous réalisons toujours une enquête préalable sur les futurs étudiants. *Je t'ai sondé, David. J'ai vu cette scène de viol dans ton esprit.* Quand j'ai su que tu avais assisté à ce viol, je suis allé au centre de Jeunesse en détresse de ta localité. Elle y avait déjà cherché assistance. *Ils n'ont pas eu à me communiquer son dossier ; si tu vois* ce que je veux dire. J'y ai obtenu les informations qui me manquaient en sondant l'esprit de ceux qui l'avaient connue.

Cette déclaration à moitié orale et à moitié télépathique ne me surprend pas tellement ; je me doutais qu'il se servirait de son don, s'il était vraiment télépathe, pour en savoir plus sur nous, ses futurs élèves.

— Alors à quoi bon tout cet interrogatoire, si vous en savez plus sur moi que moi-même ?

— Pour que tu découvres le reste : cette part de toi-même que tu te caches si adroitement. L'interrogatoire doit se poursuivre ; tu as encore beaucoup à dévoiler.

— Encore ! Mais, il n'y a pas une seule de mes cellules mémorielles qui n'ait été examinée.

— Disons que maintenant nous porterons notre attention sur une part moins cérébrale, plus animale de tes souvenirs.

~.~.~

Il s'en retourne. Je voudrais qu'il reste pour m'expliquer ce qu'il attend encore de moi, mais surtout pour retarder l'essorage de ma mémoire. La nuit doit être venue et je continue d'incarner l'astre du jour entouré de cinq planètes pour lesquelles je consume l'énergie qu'il me reste.

Ensuite, je revois l'astronef de poche qui nous avait conduits, mes parents et moi, sur Jouvence quand j'avais cinq ans. Je reconnais le ciel toujours bleu, la mer immense, les jeux et les joies de la planète des vacances et du bonheur. Odeurs, goûts, sons ; rien n'y manque. Mes souvenirs prennent les traits de la réalité. Ce jeu insensé me sert de machine à remonter le temps. Tout ce que j'ai vécu, ce que j'ai éprouvé, remonte à la surface. Ma raison, mes sens, mes sentiments, mon être entier participe à la représentation du passé.

J'ai dû maigrir de plusieurs kilos aujourd'hui, surtout durant la dernière heure. Je suis trempé de sueur et j'ai la gorge sèche. Mais, cette fois, c'est moi qui ne veux plus m'arrêter. J'ai envie de ce blanchissage qui me fait revenir à la case départ pour tout reprendre à zéro. Je parle, je me raconte, je me réinvente, je me recrée. Je n'attends plus que de renaître.

— Ma tite sœur Léda a tombé dans les marches l'aut'jour. Elle a brisé quelque chose dans sa tête. Papa et Maman pleurent souvent. Pourquoi ? Léda savait rien faire. Elle se traînait juste à quat'pattes comme un tit chien. Elle pleurait souvent dans la nuit. Ça me réveillait. J'ai peur dans le noir et, des fois, je pleurais aussi, mais personne venait. Papa et Maman s'occupaient d'elle. Toujours.

« L'aut'jour, mon papa et ma maman travaillaient. Ils ont dit : "Va voir ce que fait la petite et referme bien la porte de la salle de jeu derrière toi." J'ai monté. J'ai ouvert la porte. Elle était debout. Elle marchait comme moi ; pas comme un chien. J'ai oublié la porte. Elle avançait un peu. Elle tombait. Elle marchait encore. Elle tombait encore. Elle se levait toujours. Elle a sorti de la salle. J'ai voulu crier à Maman et Papa, mais j'ai eu peur qu'ils me grondent. J'ai essayé beaucoup de fois de la faire rentrer dans la salle, mais elle criait tout le temps. J'ai eu peur que Papa et Maman entendent et qu'ils viennent.

« Je l'ai regardée marcher avec ses mains sur le mur. Elle est arrivée à côté des marches et… J'ai crié. Très fort. Papa et Maman aussi quand ils ont vu. Papa m'a regardé avec des yeux apeurants. Il a rien dit. Maman a pas parlé pendant beaucoup de dodos. On dirait qu'ils m'aiment pas. Je veux qu'ils m'aiment. Papa ! Maman ! »

J'ai un très gros chagrin. Une voix me console :

— Là ! Là ! Ne pleure plus, mon grand. Maman et Papa t'aiment gros.

— Pourquoi qu'elle est morte ? Pourquoi que les docteurs l'ont pas guérie ? Ils guérissent tout ; c'est Maman qui l'a dit.

L'homme à la voix si douce, qui me parle comme Papa, me berce. Je me calme.

Que s'est-il passé ensuite ? Des réminiscences. Des visions floues et incompréhensibles. Une grande tendresse m'enveloppe et m'habite.

« Trois petits tours et puis s'en va. » Avant, après… je ne sais plus. Je ne suis qu'un rêve qui grandit, qui s'agite dans un chaud cocon. Que se passe-t-il ? Le cocon se contracte, me compresse.

Peur. Douleur. Lumière. Froid. Éclats. Secousses. Un cri ! Qui donc a crié ? Moi-Tout.

Pourquoi m'avoir rejeté comme une mauvaise greffe, Maman ? Pourquoi m'as-tu fait souffrir autant ? Je t'en veux et je t'aime. Ensuite, j'ai dormi. Longtemps ? Sans doute, car quand je m'éveille, j'ai à nouveau dix-huit ans.

Chapitre 10

Quelqu'un en qui je reconnais Drinah me pousse du pied.

— Allez ! Debout paresseux ! La vie continue.

Je dormais sur mon lit flottant. Je me lève un peu étourdi. Les autres s'éveillent aussi. Fabien, de retour également, désactive les lits.

— Comment te portes-tu aujourd'hui, David ? s'informe le maître.

D'excellente humeur, je lui réponds :

— Très bien, Papa.

Les regards s'entrecroisent. Chacun cherche à s'assurer qu'il n'est pas le seul à avoir entendu mes paroles insensées. Je suis heureux d'être de retour au milieu de mes amis, même s'ils doutent de mon bon sens. Ils doivent avoir raison puisque plus on m'en demande, plus je désire en donner. Jusqu'où me mènera cette voie tortueuse ? Peu importe. Pour le moment, j'y cours avec entrain.

Si je viens de renaître, mes amis, eux, ont des têtes de déterrés. Qu'ont-ils fait hier ? Je découvre avec surprise l'absence d'un autre initié. Où est Francesco ? L'a-t-on chassé ou reconduit, comme moi hier, dans une autre salle ?

— Francesco a abandonné, David.

Abandonné ? Pourquoi ?

— Il a cédé hier à sa plus grande faiblesse. Il a toujours eu du mal à mener ses entreprises à leur terme.

Encore un de moins. Pourquoi ces départs me deviennent-ils chaque fois plus pénibles ? Peut-être que nos liens amicaux se resserrent comme notre groupe.

On nous conduit aux toilettes, puis aux douches. Heureusement, car j'ai tellement transpiré hier que je ne sentais pas la rose. Quand nous terminons, le maître ordonne à Ahmed de suivre le garde.

Ahmed ne se doute pas du voyage qui l'attend. Ses souvenirs contiennent-ils autant de regrets et de remords que les miens ? Qui n'a vécu que bonheur ? Qui n'a rien à se reprocher ?

Fabien et Drinah rabattent un nouveau panneau de leur mur à surprises. De l'eau ! Je vois assez d'eau pour que nous puissions tous en prendre quatre ou cinq grands verres. Elle est tellement fraîche qu'elle embue le contenant transparent qui la contient. L'envie brille dans tous les yeux.

— Avez-vous soif ?

Quelle question ! Nous trépignons d'impatience. Onze Tantales attendent d'être libérés de la soif.

— Lequel d'entre vous prendra ce verre ?

Que·veut-il dire par « lequel » ? Nous mourons tous de soif !

— Maître, annonce Daniella, nous boirons tous ou personne ne boira.

Cette déclaration faite au nom de tous les élèves n'obtient pas l'unanimité.

— Si vous croyez que Daniella a tort d'exiger que vous buviez tous, dites-le. Et si vous avez des questions à ce sujet, posez-les. Car si vous vous taisez, je considérerai que vous acceptez sa décision. Je m'attendrai donc que vous y accordiez au moins autant d'importance que s'il s'agissait de l'ordre d'un des anciens. Quant à leurs exigences et aux miennes, je dois vous avertir que, dorénavant, quiconque refusera volontairement de s'y conformer sera chassé.

Donc, si nous acceptons la décision de Daniella et que nous ne la respectons pas, nous serons également chassés. En théorie, je suis d'accord avec elle ; mais, en pratique, je veux boire. Perplexes, nous bafouillons et tout s'embrouille. Sipho rompt cet atermoiement.

— Si nous n'acceptons pas de vous tenir tête, comme le souhaite Daniella, pourrons-nous tous boire ? commence-t-il.

— Non. Un seul de vous devra s'avancer.

Est-ce que ça signifie qu'un seul boira ?

— Alors, je soutiens Daniella, tranche Sipho.

— Moi aussi, se prononce Jéza.

Les autres, qui jusque-là ne savaient que choisir, se rallient pour la plupart au choix de Daniella. Malgré mon scepticisme, je respecterai la décision majoritaire. Ce sera tous ou personne. Combien de temps tient-on sans eau ?

Pendant que Drinah et Fabien referment les portes de l'habitacle du réservoir, Arsh nous mène ailleurs. On nous guide vers un local beaucoup plus large que profond. Sur la moitié de sa longueur se trouve ce qui ressemble à un chemin de pierres noires. Lorsque nous nous approchons, je vois que le chemin rougeoie. Des charbons ardents ? Sur une aussi grande sur surface à l'intérieur ? Est-ce possible ?

— Lequel veut avoir l'honneur d'y marcher le premier ?

Croyant à un simulacre, je m'approche et dépose sans grandes précautions le pied droit sur les charbons. Je le retire vivement, en regarde la plante rougie et souffle dessus pour calmer la brûlure. Drinah y applique un baume qui le rafraîchit en picotant.

Et puis, quoi encore ? Des charbons ardents... Tout de même ! Il faut vraiment être un démon pour nous demander de marcher dans le feu. La colère gronde en moi : je n'aime pas du tout me voir blessé. Jusqu'où Arsh osera-t-il aller ? Jusqu'où irons-nous ?

— David ne s'est pas rendu bien loin. Pourtant, vous ne quitterez pas cette pièce tant que vous ne l'aurez pas traversée, dans ce sens, précise-t-il en montrant l'allée incandescente.

Je regarde si l'espace de chaque côté de cette allée permettrait le passage. Traverser la pièce ? Je veux bien, mais pas là-dessus ! Les quatre centimètres de chaque côté sont percés de nombreuses et minuscules ouvertures. Ces lisières, trop étroites pour y marcher, doivent faire partie d'un système d'oxygénation, de ventilation et de rafraîchissement de la pièce. D'ailleurs, il y a également des ouvertures au plafond et elles semblent aspirer l'air chaud et enfumé. Au moins, ne passerons-nous pas les prochaines heures, car je ne doute pas d'y demeurer aussi longtemps, dans une fournaise.

Mon pied me fait souffrir ; je tente de m'asseoir.

— Debout. Vous attendrez tous debout.

Arsh se précipite hors de la pièce, sans qu'aucun garde ne l'ait appelé, pas à ma connaissance en tout cas. Vers qui accourt-il si vite ? Ahmed, Joy ou quelqu'un d'autre ? Ahmed, qui effectue ses premiers pas d'une nouvelle danse, aurait-il du mal à se mettre à nu une seconde fois ?

Gao se tourne vers le mur et essaie de le pousser. Bien sûr ! Peut-être s'agit-il d'une cloison mobile. Pas bête, la petite ! Nous nous y mettons tous avec vigueur ; mais peine perdue. Je n'en suis guère surpris d'ailleurs. Ce mur a l'air bien trop massif, bien trop solide pour pouvoir être déplacé à la seule force du poignet. Nous répétons le même processus avec les autres murs, sans plus de succès.

Découragés et ne sachant déjà plus que faire, plusieurs approchent un pied du brasier et constatent qu'à l'opposé de la nôtre, son ardeur persiste. Je ne peux pas croire qu'il n'y ait pas de voie d'évitement ; il suffit de la trouver. Pour le moment, je ne vois qu'une solution : le vol plané. Car il faudrait être un champion du saut en longueur pour exécuter un tel bond, pratiquement sans élan. Je laisse à d'autres la « chance » d'essayer. Je connais déjà le résultat : des brûlures sur tout le corps. Alors, merci quand même !

Entre deux feux : le renvoi ou les braises, nous zigzaguons sans fin dans le peu d'espace où nous voulons nous croire à l'abri du danger. La bille noire voyage rapidement de l'un à l'autre pendant que nous faisons la ronde. Mais les séjours de la blanche me semblent plus prolongés dans les mains de Kristin que de quiconque. D'ailleurs, elle ne se mêle guère à notre petit rituel amical : à nos marches en files indiennes, nos danses improvisées ou nos jeux nos pour tuer le temps et conjurer la peur. Elle se tient le plus loin possible des braises et ne nous approche que pour se départir, visiblement à contrecœur de sa bille, et pour tenter presque aussitôt de la récupérer.

Malgré la ventilation, la chaleur de la pièce augmente. Ma sueur tarit ma source. J'ai de plus en plus soif.

Quand le maître revient, il propose :

— Si l'un de vous est prêt à boire…

Il tient un grand verre d'eau froide. Pour ne plus en subir l'attrait, je me retourne vers mes compagnons d'épreuve qui essaient à leur façon de repousser dans le néant l'idée de l'eau et même le concept de la soif.

Le maître demande à Kristin de s'approcher. Je ne peux résister à la tentation de jeter un œil sur ce qui se passe. Dans la main gauche de Kristin, je vois briller la bille blanche. Arsh lui lève la main droite et y dépose le verre qu'elle regarde avidement en passant sur ses lèvres sèches une langue tout aussi sèche. Kristin se tourne pour quêter notre approbation qui ne vient pas. Elle se retourne et porte le verre à sa bouche. En buvant, elle grimace un peu : l'eau doit être salée. Pourquoi ? Sans y attacher d'importance, pas plus qu'à notre convoitise, elle ingurgite le reste.

Un garde entre dans la pièce. Arsh reprend la bille blanche, la donne à Yan, puis dit adieu à Kristin. Je me retourne pour ne rien manquer de l'incident. À l'exception de Kim, qui ne supporte pas les départs, les autres s'appliquent aussi à mieux voir. Kristin pose sur nous un regard qui implore que l'on intervienne pour elle. Personne ne risque d'être lui-même chassé pour une intervention dont le succès est improbable.

— Je ne vous ai pas désobéi.

— Pas à l'une de mes interdictions, mais à la vôtre. Par ailleurs, je vous ai déjà avertis que vous auriez à démontrer votre esprit d'équipe. Cette détermination à participer à la vie du groupe n'implique-t-elle pas que vous adhériez à ses règles ?

— Si j'inscris votre nom sur une nouvelle demande, m'accepterez-vous ?

— Si tu arrives un jour à t'émouvoir autant à la vue des peines et des joies de tes semblables qu'aujourd'hui à celle du sid, de la bille blanche ou d'un verre d'eau, je ne demanderai pas mieux.

Kristin est partie. Avec Ahmed, nous ne sommes plus que onze à présent. Les dix qui restent dans cette pièce jettent un regard incertain sur l'allée fumante.

Yo me tend la bille blanche. Devrais-je la prendre ? Sous son effet, je saurais me convaincre que je n'ai ni soif, ni chaud, ni faim. Je me dis : « Je ne vais que la remettre à ma voisine. » Quand j'ai la bille à la main, je me sens tellement bien ! Je ne parviens plus à me convaincre de la donner à Jéza, la belle Jéza, qui la regarde pourtant avec envie. « Allez, courage ! » Je la lui tends, encore incertain. Elle s'en empare avec autant d'avidité que Kristin du verre tout à l'heure. Le bonheur qui, sous le charme de la bille, irradie d'elle à présent me la rend encore plus désirable. J'effleure son bras. Le bien-être de la bille me traverse aussitôt ! Ainsi, le seul contact des mains de Daniella, lorsque je lui ai remis la bille noire hier, aura suffi pour que je subisse l'influence du cruel objet ! Si nous demeurions tous en contact, l'effet des deux billes s'annulerait-il ?

Je me mets à égale distance d'Yo et de Jéza, et les touche tous deux. Je vois le plaisir mêlé de stupéfaction illuminer le visage d'Yo. Le bonheur transmissible par simple contact physique ! Je suis heureux de voir les autres suivre mon exemple.

Je cherche le maître des yeux, mais il est sorti à la suite de Kristin. Que dirait Ahmed de notre découverte ?

Pendant une seconde ou deux, l'effet de la bille blanche cesse. Que s'est-il passé ? Yan vient de toucher Leif, qui tient la bille noire. L'effet des deux billes s'annule bel et bien, même à distance par l'intermédiaire de nos corps qui servent de conducteur.

Nous entrons en contact avec tous les autres, sauf Leif qui, pour ne pas nous priver de notre plaisir, s'écarte de notre chaîne humaine. Pourquoi serait-il le seul à souffrir ? Nous essayons de l'encercler, de le prendre au piège. Tant bien que mal, il lutte, malgré sa douleur, pour fuir les plus forts et repousser les autres. Comment ? Pourquoi ? Après quelques essais infructueux, nous parvenons à le retenir assez longtemps pour que Sipho lui arrache la bille noire.

À l'exception de Sipho, qui n'aime pas qu'on le touche, nous sommes tous bras dessus bras dessous, nous ne faisons maintenant plus qu'un. Même Sipho se tient au milieu de nous dans notre cercle humain. On nous laisse communier ainsi quelques minutes, puis Fabien nous retire les deux billes. Elles ont donc fini par remplir leur fonction.

~.~.~

Le maître tarde à revenir et personne ne s'aventure sur les braises. Immobiles, nous nous contentons de fixer la piste brûlante.

Je rêvasse. Je me souviens d'avoir déjà vu, à la tridi, des gens qui couraient sur des charbons ardents sans se brûler. Le hic, c'est que, même en supposant que ces gens en fussent réellement capables, je ne connais pas leur méthode. Suffit-il d'avoir la foi et de courir très vite ? Le maître nous a déjà parlé de notre manque de confiance en notre succès. Va-t-il revenir et marcher sur ces braises comme sur un tapis moelleux ? Mais si son intention était autre... Nous offre-t-il par l'intermédiaire de cette piste ardente l'occasion d'abandonner la conscience tranquille ? Il serait en effet si simple de nous convaincre nous-mêmes de l'inutilité, de la folie d'aller plus loin, que nous n'aurions plus aucune raison de nous sentir lâches ou coupables d'abandonner.

Tout ce que j'ai accepté ici m'a conduit devant ce brasier. Mais s'il y a des souffrances auxquelles on accorde une valeur de monnaie d'échange, le prix peut parfois paraître trop élevé pour le bénéfice reçu ou à recevoir. Si je n'espère rien d'autre de cette épreuve initiatique que d'être admis à Éden, je peux tout aussi bien profiter de l'alternative offerte par le maître en demandant qu'on m'inscrive dans le prochain groupe de Weak. Mais, je sais bien que je n'en ferai rien.

Le brasier n'est plus maintenant que cendres tièdes. Fabien et Drinah sortent chercher de quoi le ranimer, je suppose. La plupart des élèves profitent de la situation pour traverser la pièce. Seuls Gao et moi demeurons à notre place. Pourquoi ne traverse-t-elle pas ? Moi, je ne peux pas. Je regarde l'allée d'où montent quelques pauvres volutes de fumée depuis si longtemps sans bouger... Mon esprit, comme mon cœur et mes poumons, s'emplit et se vide au ralenti. Comme mon cerveau, mes membres s'engourdissent.

Drinah et Fabien sont revenus, je crois. Les braises rougeoient à nouveau. J'entends, tout au bout du long tunnel de mes oreilles, des voix. Que disent-elles ? Mon traducteur doit se détraquer : les sons sont assourdis et je ne comprends rien à cette langue qu'ils parlent tous.

— D... A... V... I... D !

Quelqu'un m'appelle désespérément : « David, viens vite ! » Je n'en finis pas de relever ce fardeau encombrant qu'est devenue ma tête. Je vois, à l'autre bout du monde, le maître qui me tend les bras. Il a besoin de moi. Il faut que j'y aille, que je me hâte. J'accours vers lui.

Je l'ai sauvé, n'est-ce pas ? Alors pourquoi me gifle-t-il ?

— David ! Tu rêves. David !

Non. Je sais que je n'ai pas rêvé. J'ai traversé ces charbons brûlants. J'ai dû planer puisque je n'ai pas mal aux pieds. Enfin, juste un tout petit peu, au pied droit : celui que j'ai posé sur les braises, il y a longtemps.

— Ça va, David ? me demande gentiment le maître accroupi près de moi, où je ne sais comment, je me suis retrouvé allongé.

— On dirait que j'ai pris une trop forte dose de sid. J'ai la cervelle dans de la ouate.

Le maître rit un peu. Mes amis, eux, sont tous pétrifiés. À moins que ce ne soit mon cerveau qui fonctionne soudain en accéléré, me laissant l'impression que tout, hors lui, ralentit.

— Une part de toi-même voulait traverser et l'autre refusait de reconnaître la possibilité d'y parvenir sans danger ; surtout après t'être brûlé à un pied. Tu t'es mis en transe hypnotique, David.

Il m'aide à me relever et se tourne vers Gao qui se trouve toujours de l'autre côté. Elle a l'air tout à fait idiot à me regarder comme ça, la bouche ouverte.

— Tu viens, Gao ? l'invite le maître.

Elle tourne vers lui un regard hébété. Le maître, après m'avoir aidé à me redresser, la presse de nous rejoindre. Elle recule et s'adosse au mur d'en face. Je crois d'abord que la peur est responsable de sa retraite, mais elle se met à courir puis s'élance. Si menue soit-elle, elle a traversé en trois enjambées. Je me demande même si elle a eu le temps de toucher aux charbons. Stupéfiante ! Moi, je n'avais pas vraiment conscience de ce que je faisais. De plus, en m'appelant, le maître m'a aidé ; mais elle… ! L'aurait-il aidée d'une autre manière ? Elle ne semblait pas sous hypnose. Je ne sais pas si l'on peut s'hypnotiser soi-même et demeurer capable de percevoir tout ce qui se produit alentour.

Les autres se sont agglomérés. Ils attendent que le maître leur dise s'il reconnaît la validité de leur ruse. À moins qu'il leur ait déjà signifié son refus quand il est entré, j'ai entendu parler sans savoir qui parlait ni ce qui était dit.

— Gao. Pourquoi n'as-tu pas imité les autres quand ils ont traversé ?

— J'aurais eu le sentiment de tricher, Maître.

— N'était-ce pas une bonne astuce pour esquiver cette difficulté ?

— Pour eux, je ne sais pas. Pour moi, non. Je ne voulais pas profiter de l'absence des Anciens pour me faufiler à l'autre bout de la pièce.

— Et toi, David, qu'en penses-tu ?

— Je crois que l'absence de tout surveillant était voulue. Vous saviez que plusieurs profiteraient de cette aubaine. Quant à savoir s'ils ont eu raison… Je crois qu'eux seuls peuvent dire s'ils croient avoir agi avec intelligence ou s'ils ont seulement profité de la circonstance pour tricher.

Se tournant vers mes amis soupçonnés, Arsh ordonne :

— Que ceux qui ont triché partent.

Tous s'agitent. J'entends quelques voix commencer des « mais, c'est injuste… » sans trop savoir quoi ajouter pour s'innocenter.

— Ce que vous savez de vos intentions, je le connais aussi. Votre cause est jugée. Il n'y a rien à ajouter.

— N'est-ce pas un peu expéditif comme procès ? demande Leif.

— Dois-je conclure, du fait que tu parles sans autorisation, que tu te reconnais coupable, Leif ? D'ailleurs, tu n'es pas le seul à avoir manqué à la règle du silence. Si je n'avais pas d'autre motif de renvoi, ce manquement suffirait.

— Vous ne croyez quand même pas que nous allons partir sans nous défendre, fulmine Jéza.

Ah non ! Pas toi. J'aurais tant aimé que tu restes.

— Je croyais qu'il n'existait pas d'autre moyen de passer sans risque, que vous n'attendiez rien d'autre de nous, explique-t-elle.

Le maître questionne :

— Ai-je prétendu que je ne vous ferais courir aucun risque, que tout se déroulerait sans peine ni danger, que vous en ressortiriez tous parfaitement indemnes ?

— Il y a quand même des limites à ne pas dépasser. Je ne veux pas m'en retourner chez moi infirme, rien que pour être admise par vous. Pour qui vous prenez-vous à la fin ?

— Pour un maître initiateur, Jézabelle. Ceux qui deviennent des maîtres sont non seulement prêts à s'exposer au danger, mais savent aussi, qu'à partir du moment où ils reçoivent la double étoile, leur vie elle-même ne leur appartient plus.

— Nous ne subissons pas la grande épreuve, Maître, mais l'initiation, souligne Kim.

Ce que Kim nomme la « grande épreuve » est celle au terme de laquelle un novice est nommé maître. En général, on la subit à la fin des études à Éden.

— Ceux que j'admets, Kim, doivent être des maîtres au fond de leur cœur. Si vous ne vouliez rien de plus que d'être admis, vous pouviez vous adresser à d'autres maîtres. Je ne fais aucun secret sur la rigueur de l'épreuve telle que je l'impose.

— Alors, pourquoi nous faire jurer de garder secret ce qui se passe ici ? questionne à nouveau Jéza, toujours furieuse.

— Je sais que certains de ceux qui ont pourtant été admis par moi dans le passé auraient désigné un autre initiateur s'ils avaient su…

L'interrompant, Jéza, sarcastique, confirme :

— Ça, vous pouvez le dire ! Il faut être malade pour accepter d'être votre jouet.

Son insolence est telle que, si elle ne me plaisait pas tant, je crois que je la giflerais. Je me rappelle alors ce que j'ai lu au sujet d'Arsh enfant, giflant une camarade de classe. Si ça avait été d'usage et bien vu, ici sur Terre, qu'un autre élève corrige une telle impertinence qu'aurais-je alors fait ?

— Jézabelle. Tu crois que l'on devrait m'interdire de tester les postulants et les élèves, n'est-ce pas ?

— Oui et on devrait aussi vous faire soigner.

— Si tu le crois vraiment, fais ce qu'il faut pour amener la CP à remettre mon rôle en cause, suggère-t-il.

— Je n'ai aucune chance de réussite, je le sais bien.

— Quel défaitisme ! Tu n'es pas seule. Tes amis t'aideront. Lance un appel à tous ceux qui pensent comme toi. L'union fait la force, dit-on, conclut-il avec son sourire le plus charmeur.

L'aplomb avec lequel le maître lui a lancé ce défi consolide l'opinion de Jéza.

— Vous êtes aveuglé par votre orgueil ! Je ne sais pas si je vous aurai, mais quelqu'un un jour ou l'autre y parviendra. Vous ne le verrez même pas venir tant vous êtes imbu de vous-même, prophétise-t-elle.

Pourquoi la laisse-t-il parler ainsi ? Il pourrait l'éjecter sur-le-champ ; mais non, il écoute patiemment déblatérer contre lui, comme s'il accordait une réelle importance à sa critique.

N'ayant rien d'autre à ajouter, elle tourne les talons. Plusieurs la suivent. Quand la porte se referme, il ne reste plus des initiés, à part Gao et moi, que Sipho et Ludmilla ; mais il faudrait ajouter Ahmed et Joy à notre nombre. Mis à part la fois où Arsh n'avait admis personne, le plus petit nombre reçu par lui était de cinq élèves. Je serais très surpris qu'aucun de nous n'abandonne ou ne soit banni avant la fin de cette épreuve.

Arsh exige de Sipho et de Ludmilla qu'ils retraversent. Sipho se retourne et fait mine de manger le chambranle de la porte ; ce qui nous amuse. Pas pour longtemps.

— L'épreuve est terminée pour toi aussi, Sipho. Tu viens d'enfreindre la consigne de non-communication en mimant ainsi ta peur.

Sipho regarde Arsh d'un air si mauvais que je crains qu'il ne le frappe, mais il se contente de rugir :

— Ils sont tout retournés par les précédents renvois. Je veux ramener un peu de bonne humeur ici et je suis chassé pour ça ?

— À quoi t'attendais-tu ? Que je fasse exception pour toi ?

— Pas parce qu'il s'agit de moi, mais à cause de mon intention.

— La cause était bonne, mais pas le moyen ; quant à la fin, tu savais à quoi t'attendre. Ces trois éléments doivent être pris en considération pour juger de la valeur d'un acte. Aie maintenant la sagesse d'en accepter la conséquence.

Sipho se dirige vers la porte en grognant.

— Au revoir les copains ! On se reverra, nous promet-il avant de sortir.

Je l'espère bien ! J'aime beaucoup Sipho. Je pense que le silence total qu'on lui imposait, comme à nous, ne lui convenait pas. Il est d'un naturel prolixe et démonstratif. Il devait se sentir bâillonné et emmailloté. Peut-être a-t-il inconsciemment cherché à retrouver sa liberté.

Le record du plus faible nombre d'admissions vient donc d'être battu. J'aurais préféré battre un vrai record : j'aurais aimé que tous soient admis.

— À toi maintenant, Ludmilla.

Ludmilla s'adosse au mur et s'élance. Mais, au bord de la piste, elle freine net. Le maître, près des braises, tend les bras pour prévenir sa chute. Elle retourne s'adosser au mur et y demeure rivée, les yeux clos, la respiration bruyante. Arsh s'approche d'elle. Il lui parle si bas que je n'entends rien. Ce geste de la main qui a fait s'arrondir les yeux de Ludmilla, j'hésite à l'interpréter. Tout ce dont je suis certain, c'est que tous les muscles de mon amie se tendent à l'extrême. Elle fonce vers la piste et la traverse si vite qu'elle freine à grand-peine avant le mur opposé.

Fabien va vérifier si elle se porte bien, mais elle le repousse et s'en écarte. Elle tourne vers Arsh un regard meurtrier.

— Dis tout ce que tu as sur le cœur, permet le maître.

— Personne au monde n'a le droit de faire ce que vous m'avez fait, tonne-t-elle.

— Aurais-tu traversé si je ne t'y avais pas aidée ?

— Si c'est de cette façon que vous aidez les gens, évitez de m'aider à l'avenir.

— Y avait-il au monde un moyen plus sûr pour te galvaniser et te pousser à agir ?

— Que vos méthodes soient efficaces, c'est tout ce qui vous intéresse. Si cette méthode ravive des souvenirs qui me...

Sa voix se brise contre son souvenir, mais sa colère la restaure.

— Vous vous fichez pas mal du tort que vous causez !

Le maître se concentre. Quelles pensées l'absorbent au point qu'il ne semble pas voir que, pendant ce temps, Ludmilla écume. Après plusieurs longues secondes de silence, il demande :

— Si je t'avais donné le choix, aurais-tu préféré que je te laisse échouer, Ludmilla ?

Elle, tournée vers le mur, ne répond rien. Je vois, un peu plus tard, la terrible tension quitter ses muscles. Relevant la tête pour regarder le maître bien en face, elle répond fermement :

— Oui.

Arsh cille et vacille un peu. Il jette un regard à Drinah, qui vient d'entrer (elle était allée reconduire les autres), et à Fabien. Ceux-ci nous mènent aussitôt, Gao et moi, ailleurs. Le maître, lui, rejoint Ludmilla.

~.~.~

Nous allons prendre notre premier repas en Enfer. Lorsque j'ai vu qu'il n'y avait que deux bols, j'ai compris qu'il en irait de la nourriture comme de l'eau : l'un de nous trois servirait les autres, mais ne mangerait pas.

Gao m'a servi et me regarde manger. Je voudrais lui faire comprendre quel goût infect a la bouillie, mais comment ? Elle le devine au peu d'empressement que je mets à manger, car elle s'en dilate la rate avec entrain.

— Il fallait vous permettre de rétablir votre équilibre organique. Nous vous avons donc concocté ce petit plat très nutritif, explique Drinah.

Nutritif ? Peut-être, mais immangeable quand même. Je crois que si je vomissais dans mon bol et que je mélangeais le tout, personne ne verrait la différence. Il fallait que j'aie une faim d'ogre pour avaler un tel repas, debout en plus. On ne peut pas dire qu'ils se sont ruinés pour l'achat de mobilier. Même ici, il n'y a ni table ni chaises. Je n'ai vu que le fauteuil dans la salle circulaire, dont seul se sert parfois le maître.

Ludmilla nous rejoint accompagnée d'un garde. Où est le maître ? J'aimerais savoir ce qu'il a pu dire ou faire pour qu'elle se remette aussi vite.

Gao lui donne le second bol. Dès sa première bouchée, le cœur lui lève, et c'est en se retenant de vomir qu'elle avale la dernière. Les explications de Fabien sur la teneur nutritive de ce chef-d'œuvre gastronomique ne réduisent pas notablement son dégoût.

Gao jubile presque de s'être, malgré elle, épargné l'absorption de ce fortifiant. À sa place pourtant, je n'attendrais pas trop de nos futurs repas.

On nous reconduit ensuite à la salle circulaire où Arsh se trouve déjà à activer les lits. Nous pourrons enfin dormir en paix.

Chapitre 11

L'inconnu, l'imprévu, le danger, les difficultés de toutes sortes encombraient à tel point notre parcours qu'à chaque pas, il fallait s'interroger sur la meilleure conduite à adopter. Tant que nous pouvions répondre aux exigences avec un minimum d'efficacité, nous étions déjà assez satisfaits de notre performance ; mais, le plus souvent, nous nous heurtions à nos errements, à nos idées préconçues, à nos peurs, à notre maladresse et à tout ce qui, ancré en nous, nous freine ou nous paralyse.

La révélation de mes inaptitudes me déprimait, pis, me réduisait à l'état de germe : je n'avais rien vécu. De l'univers incommensurable, que connaissais-je ? Rien ou presque. De l'infinitésimale fraction constituant ce « presque » entre moi et le néant, je m'étais fait un style de vie, un mode de pensée, une raison d'exister. Parce que, de l'infini, je connaissais le point sur un « i », je croyais tout comprendre. Pauvre enfant ! Pauvre sot !

Quand, la nuit, mes paupières baissées se transformaient en voûte étoilée, je tremblais d'émotion face à tant de diversité dans la beauté. Tout pouvait naître de presque rien. Tout était possible.

Une nuit où mes pensées vagabondes parcouraient des mondes inconnus, je n'avais pas dormi. Mes amies, elles, dormaient si profondément que, quand le maître était entré, aucune ne s'était éveillée.

Lorsqu'il s'est arrêté devant moi, j'ai éprouvé la subtile et immatérielle caresse mentale que j'avais récemment appris à reconnaître. Son esprit était dans le mien comme un vent immobile. Dès qu'il eut remonté le cours de mes pensées nocturnes, il me dit sur le ton de la confidence : « Dans la clarté absolue, comme dans la parfaite obscurité, il n'y a ni laideur ni beauté. »

J'ai mis plusieurs jours à comprendre ce que cette petite phrase signifiait vraiment. La simplicité m'échappe souvent : il faut trop d'innocence pour la saisir. Un soir, en voyant mon ombre sur un mur, l'illumination s'est produite.

Je me suis souvenu de deux filles très amies qui ne se quittaient pas d'une semelle. L'une d'elle était si hideuse, qu'en comparaison, l'autre laideron passait pour une vraie beauté.

Je tentai de réajuster ma perception du beau et du laid, du bon et du mauvais, du méchant et du gentil. J'essayai de tout observer d'un regard neuf.

La consigne du silence, qui dura jusqu'à la fin du cinquième jour, me pesait. Plus que ma nudité, plus que ce fourrage qu'on nous jetait en pâture, plus que la privation de toute intimité, que la réduction de ma liberté, le silence m'emprisonnait dans l'enclos des bêtes.

Tous mes sens se tendaient pour capter de mes amies les messages les plus ténus. Je pouvais deviner la gaieté de l'une, le trouble de l'autre, à la légèreté ou à la raideur de leur démarche. Je savais, en toute certitude, que celle-ci raterait ce qu'elle venait d'entreprendre, rien qu'à l'infime hésitation d'un geste. Je lisais la compréhension dans la luminosité d'un regard. Un rien me révélait leur identité et leur individualité.

Mais j'avais soif de la poésie et de la musique des mots, des miens et de ceux des autres. Je me languissais de l'absence de tout signe ; aussi, quand une main décrivait une courbe gracieuse, j'y voyais un ballet. Même en traversant l'univers, l'humanité ne saurait se rendre aussi loin que dans la poésie, la musique et la danse.

Le cinquième jour, aussitôt notre liberté d'expression retrouvée, j'en profitai pour demander des nouvelles d'Ahmed et de Joy que nous n'avions pas encore revus.

— Joy et Ahmed reçoivent en ce moment la formation nécessaire à la réalisation des missions qui leur seront confiées.

— Quelles missions ?

— Des missions destinées à eux seuls. Des missions qui ne concernent en rien les fouines de ton espèce.

— C'est que je...

— Je sais. Tu as de l'affection pour Ahmed et tu t'inquiètes à leur sujet. Je t'assure qu'ils se portent bien tous deux. Maintenant, n'abuse pas de ton droit à la parole si tu ne veux pas le perdre à nouveau.

Nous ne revîmes ni Ahmed ni Joy du reste de l'épreuve. Gao, Ludmilla et moi passâmes la majeure partie des autres semaines de l'initiation ensemble. Quelquefois, le maître envoyait l'un de nous dans une autre salle. Ludmilla, qui n'avait pas encore connu le jeu de la vérité, eut aussi à raconter sa vie. En d'autres occasions, le maître accordait quelques heures de son temps à un seul afin de régler maintes difficultés propres à chacun. Ces duos me donnaient toujours des papillons dans l'estomac, car je savais que nous ne discuterions pas de la pluie ni du beau temps.

Pendant les séances en commun, on testa nos connaissances théoriques en avionique, en astrophysique, en astronomie, en technologie spatiale, ainsi qu'en divers autres domaines. On évalua notre adresse naturelle au maniement de plusieurs appareils et au pilotage d'astronefs à l'aide de simulateurs. On mesura nos réactions physiologiques et psychologiques à l'accélération et à la décélération graduelles ou brutales, à l'état d'apesanteur ou à la gravité accrue.

On accorda une attention particulière à quelques étapes et à certaines conditions délicates ou astreignantes de nos futures missions. Si les astronefs se pilotent, s'entretiennent et se réparent eux-mêmes, sans intervention humaine, la plupart du temps, il arrive que des avaries majeures nous obligent à mettre la main aux commandes et aux circuits. On nous fit donc effectuer de nombreux atterrissages forcés et de fréquents travaux de réparation d'urgence. Évidemment, l'apprentissage fut simplifié et condensé : le but à atteindre n'étant pas de nous former, mais de donner aux élèves une notion des difficultés de leur future profession, et au maître un aperçu des possibilités de ses élèves.

Par contre, on compliqua les manœuvres en créant des situations de raréfaction de l'oxygène, de la nourriture ou du sommeil (ces deux derniers manques, nous les connaissions depuis le premier jour de l'épreuve) ; en droguant, sans nous en avertir, nos aliments (quand nous en avions) pour juger de l'effet qu'auraient sur notre comportement la maladie ou l'usage de psychotropes (même si, en principe, nous n'en consommons pas) ; en nous imposant des conditions de travail stressantes (présence inconnue ou inamicale dans le vaisseau ou près de lui, par exemple) ; et en rendant notre tâche de mécanicien, de pilote ou de capitaine, déjà complexe, encore plus impraticable.

Enfant et même adolescent, je m'étais beaucoup amusé avec des copies réduites des divers appareils et simulateurs employés ici ; mais mes parents ne m'empêchaient pas de dormir, ne m'asphyxiaient pas et ne me rendaient pas malade avec toute sorte de poisons. Pourtant, bien qu'Arsh nous fît tomber de Charybde en Scylla, j'obtenais des résultats plus qu'honorables, sinon en réparation, tout au moins dans mes autres fonctions. Quand on me droguait, je découvrais l'antidote ou ce qu'il fallait pour le préparer. Quand on cherchait à me distraire, je parvenais à me concentrer. Quand on me privait d'air, j'en trouvais quelque part une ultime réserve.

Pourtant, piloter alors que l'on n'a plus les yeux en face des trous n'est pas un jeu d'enfant. Il m'arriva de nous perdre corps et biens, mes simulacres de navire, de passagers, d'équipage et moi-même. Les simulateurs imitaient alors la catastrophe dans ses moindres détails, ne nous épargnant ni les secousses ni les cris d'effroi de nos prétendus compagnons de voyage. Ensuite, l'ordinateur de bord (lorsqu'il fonctionnait toujours) annonçait :

NAVIRE : PERTE COMPLÈTE
ÉQUIPAGE : AUCUN SURVIVANT
PASSAGER : AUCUN SURVIVANT

Ces accidents, bien qu'imaginaires, me laissaient en nage et rageur.

Mais, la catastrophe n'était pas toujours aussi totale. L'ordinateur indiquait alors le nombre de morts et de blessés, et présentait une carte de leur localisation dans le navire. Il précisait aussi les réparations à effectuer d'urgence, ainsi que celles qui permettraient au navire et à ses androïdes de terminer eux-mêmes le travail de réfection. De parfois devoir remettre en bon état blessés et machines n'améliorait pas mon humeur, car j'étais aussi piètre infirmier qu'exécrable réparateur. En fait, je brillai aussi peu dans ces deux disciplines que le jour où l'on décida de tester nos réflexes.

Les caissons à rêver avaient permis de s'assurer que nos systèmes musculaires et nerveux ne recelaient aucune anomalie ; mais l'on use parfois très mal d'une excellente machine. Aussi, on nous conduisit dans des réduits où l'on devait essayer d'éviter et ensuite d'attraper des projectiles jaillissant de nombreuses ouvertures pratiquées, comme toujours, dans les murs. Ces projectiles, qui ne présentaient, à cause de leur consistance très souple et de leur douce texture, aucun risque de blessure, décrivaient parfois des trajectoires inattendues. Nous en déduisîmes qu'ils avaient été programmés pour nous atteindre lorsque nous devions les éviter et pour nous éviter alors que nous devions les attraper. Mes incessantes maladresses m'irritaient tant que j'en commettais de plus en plus. Voyant cela, le maître vint se joindre à moi. Il s'amusait tant, même de ses erreurs, que je me mis à prendre ce test pour ce qu'il était : un jeu d'adresse. Quand je commençai à y prendre un réel plaisir, il me laissa continuer seul.

Pendant ce temps, l'ordinateur principal nous filmait, puis décomposait et analysait nos mouvements. Il tirait ensuite des conclusions qui serviraient d'assise à l'élaboration d'un plan d'enseignement et d'entraînement individuel idéal pour nos premiers mois de cours à Éden.

Entre les essais des divers simulateurs et de leurs systèmes (d'avionique, d'orbiteur, d'équipage, etc.), les séjours en salle à gravité réduite ou accrue, les tests d'intelligence, d'adresse et de réflexes, de télépathie (sait-on jamais !) et le reste, Arsh continuait à nous inventer des jeux de son gabarit et à nous compliquer la vie.

Seul l'emploi de la badine se restreignit jusqu'à disparaître. Au début, à chaque erreur ne justifiant pas le renvoi, Arsh ou ses assistants l'employaient tout en nous réprimandant d'une voix de basse. Ensuite, nous avertissant sur le même ton, ils élevaient encore la badine ; mais sans l'utiliser. Enfin, ils ne la sortirent plus, la réprimande suffisant désormais à nous en faire entendre le crépitement.

Mais, pour le reste... Si j'arrivais sans effort à comprendre que, pour vérifier nos réactions en cas de manque de sommeil, il fallait que l'on en manquât, d'autres conditions de vie imposées me demeuraient obscures. Pourquoi, par exemple, s'entêtait-on à ne nous offrir que ce que le Monde libre produit de plus dégoûtant comme préparations culinaires ? Ce n'est pas parce que l'on nous annonçait que nous aurions « l'honneur » de déguster le mets national de tel pays sur telle planète, que le goût devenait plus appétissant.

L'un ou plusieurs des anciens prenaient toujours leurs repas avec nous. Nous profitions de ces seules périodes de répit pendant le jour pour discuter entre nous de notre enfance ou de notre adolescence, de ce que nous venions de vivre, de ce qui nous plaisait ou nous déplaisait, de nos craintes, des anciens en général, de nos initiateurs en particulier, et, naturellement, de la nourriture. Un jour, nos propos furent surtout consacrés à l'alimentation.

Pourquoi mangeons-nous ceci et pas cela ? Pourquoi aime-t-on un plat et pas un autre ?

— Étant donné que notre sens du goût est génétique à la base, plus les espèces d'autres planètes sont physiquement différentes, plus leurs systèmes digestifs sont différents du nôtre et l'un de l'autre ; ce qui inclut leurs systèmes gustatifs. Il y a donc de fortes chances que ce que certains trouvent délicieux soit considéré comme dégoûtant par d'autres, a expliqué Maître Arsh.

Mais au-delà de ces différences biologiques, pourquoi les Terriens éprouvent-ils habituellement un tel dégoût pour la viande de rat et un tel malaise à l'idée de goûter du chien ou du chat ? Et avions-nous déjà connu la soif et la faim ?

Nous avions conclu que bon nombre de nos goûts et dégoûts proviennent de ce que l'on a été habitué à certains aliments, à leur saveur, à leur texture et à leur aspect. Il importe aussi que l'on n'attache pas de valeur affective particulière à ce dont on se nourrit. Si, là où l'on a vécu, il n'est pas bien vu de consommer de tel aliment, on pourra éprouver une répugnance parfois très marquée à en manger.

Un jour, le maître était arrivé alors que nous avions fini de manger depuis un bon moment. Il nous sonda, je crois, car il nous demanda :

— Lequel accepterait de manger la chair d'un ami défunt ?

Il lui fallait toujours aller plus loin que nous tous ! Étant donné que personne ne répondait, il nous parla de certains rituels funéraires peu connus.

— Dans un contexte de famine planétaire, de tels rituels naissent et prolifèrent comme du chiendent. Il serait insensé que des gens meurent par respect des morts. En attendant d'être secourus, à condition, bien sûr, que leur gouvernement accepte notre secours, ils veillent donc à ne pas gaspiller toute viande saine.

— Mais, Maître, ne sont-ils pas tristes de devoir manger quelqu'un qu'ils ont aimé ?

— Au début, quelques-uns le sont, oui, David. Mais, ils acquièrent ensuite la conviction d'honorer leurs morts en communiant par leur chair et leur sang. Ils en viennent à croire que les vertus du défunt se perpétuent ainsi en eux. Et quand la famine prend fin, ces pratiques se muent en un rituel commémoratif de leur terrible passé.

Je m'imaginais mal dégustant un steak de la fesse de mon père ou de ma mère. Malgré tout le respect et l'amour que je leur porte, à leur mort, leurs vertus finiront dans le ventre d'un désintégrateur, non dans le mien.

~.~.~

C'est aussi lors de l'un de ces repas que j'appris quelques bribes de l'enfance des filles.

Gao raconta : « On me dit exceptionnellement surdouée. Pour cette raison, je n'ai jamais pu faire ce qui me plaisait comme et quand bon me semblait : des spécialistes en matière d'intelligence et des éducateurs spécialisés en douance ont toujours décidé de tout pour moi. J'en ai eu assez et me suis révoltée. Pendant des mois, je suis partie à l'aventure, seule. Recherchée comme une criminelle, je m'amusais à inventer les moyens les plus ingénieux pour échapper à mes poursuivants.

Puis, je me suis amourachée d'Alex, un jeune voyou qui m'a demandé mon aide pour contourner les dispositifs de sécurité interdisant l'accès à un entrepôt plein d'appareils coûteux, mais assez faciles à revendre selon lui. À force de charme et d'insistance, il m'a convaincue. Pendant qu'il imaginait avec sa bande une façon de détourner l'attention des gardes humains et androïdes, je cherchais le moyen d'entrer en communication avec le système de surveillance informatique du bâtiment et d'en programmer d'avance la panne.

Le jour venu, je les ai accompagnés. La panne s'est déclenchée au moment prévu et ils réussirent à tromper la vigilance des gardes. Mais comme personne n'avait songé à la présence possible de chiens, les choses ont mal tourné. Toute notre bande a été poursuivie par hommes, machines et bêtes.

Profitant d'une loi locale permettant d'abattre sans autre forme de procès quiconque se rendait coupable d'entrée par effraction dans une propriété privée, l'un des gardes a tué Alex. J'ai réussi à fuir malgré une blessure à la hanche. Ma carrière de voleuse a pris fin le jour même où elle avait commencé. Quant à Alex, je n'étais même plus sûre de l'avoir aimé. Je me demandais si je ne m'étais pas plutôt éprise de l'interdit qu'il représentait.

Je suis donc retournée chez moi de mon propre chef et j'ai réfléchi à mon passé, mais aussi et surtout à mon avenir. Tous mes éducateurs avaient toujours voulu ce qu'il y avait de mieux pour moi. Je ne désirais pas autre chose. Il fallait donc que je trouve un subterfuge pour l'obtenir sans tomber encore sous le même joug. Tant qu'à être sous l'emprise d'une autorité, mieux valait la choisir moi-même. Cette autorité serait celle de l'une des organisations les plus puissantes, mais la plus bienveillante que je connaissais : la Communauté. J'ai envoyé en secret ma demande d'admission à Éden et j'ai veillé à ce qu'on ne me prive pas de la réponse. »

Ludmilla décrivit : « J'ai eu une enfance et une adolescence heureuses. Mon imagination débordait lorsque venait le moment d'inventer des jeux et des blagues. Pour cette raison, j'étais tout le temps entourée de nombreux amis. J'ai toujours aimé qu'on sourie et rie autour de moi. Ce désir de rendre heureux le plus grand nombre de gens possible m'a conduite vers le théâtre amateur et dans les rangs des bénévoles de plusieurs organismes de la C.P., puis à Éden. Un seul souvenir a laissé en moi une blessure dont j'essaie de guérir, mais que le geste du maître (ce disant, elle lui jette un regard douloureux) a rouverte pour me faire traverser ses damnées braises. »

Ce souvenir était encore si récent, cette blessure si pénible que même les mots d'encouragement amical de Gao et moi, de repentir du maître et de sympathie de ses aides ne l'ont pas convaincue de nous les confier.

À mon tour, je leur donnai un aperçu de ma jeunesse, de mon lointain et constant désir de devenir un maître. Mais, il me semblait qu'elles me surpassaient toutes deux. J'estime l'intelligence de Gao et la générosité enjouée de Ludmilla d'une bien plus grande valeur que mon égoïste désir de rejoindre l'élite du Monde libre.

~.~.~

Lors d'un autre repas dont l'apparence était inquiétante, mais le contenu mangeable pour une fois, j'eus une très désagréable surprise.

J'achevais de vider mon bol et, prenant une bouchée, je découvris une araignée tout au fond. Un réflexe de peur me fit tout laisser tomber. Arsh ramassa le bol et, d'un doigt, dégagea la nourriture qui y adhérait encore. Me le mettant sous les yeux, il me montra un motif en relief représentant une fleur aux formes à peine arachnéennes.

J'avais beau me dire que chat échaudé craint l'eau froide, que l'initiation dans son ensemble et le manque de sommeil en particulier avaient mis mes nerfs à vif, j'eus honte de mes terreurs enfantines car je me croyais plus fin que chat.

Le maître me demanda ce qui adviendrait de moi si la C.P. devait m'envoyer en mission sur Achantis, planète dont les habitants sont des araignées intelligentes presque aussi grandes qu'un Terrien moyen. Je lui répondis que la Communauté n'aurait qu'à envoyer quelqu'un d'autre que moi. Ma réponse n'eut, bien entendu, pas l'heur de lui plaire.

Pendant que les autres partaient s'amuser dans des fauteuils basculants, moi, je dus suivre le maître ailleurs.

Chapitre 12

Arsh me conduit d'abord à la salle numéro un où il m'ouvre la porte donnant sur le corridor par lequel j'étais arrivé le premier jour. Si je n'avais été nu comme l'innocence, j'aurais encore cru à la fin de mon initiation. Nous nous rendons ensuite vers le fond du corridor dans une pièce où des aspirants, tous vêtus, et des Anciens d'autres groupes se trouvaient.

À notre entrée, tous les regards convergent vers nous. Les attitudes se sont figées un instant. J'entends des jeunes chuchoter : « C'est Arsh ! », « C'est lui ! », « C'est maître Arsh et l'un de ses élèves ! » Malgré ma nudité, je suis très fier d'être « l'un de ses élèves ».

Le maître entre dans une sorte de cabine de jeux vidéo inoccupée et jette à l'ordinateur quelques ordres que je n'entendis pas. Puis il sort et, me tenant la porte ouverte, me fait signe d'entrer. Je me dis : « Chouette ! Je vais jouer à des jeux vidéo. » Ma naïveté va à nouveau subir un dur assaut.

La porte refermée, Arsh commande de l'extérieur le début du « jeu ». Aussitôt que je comprends ce qui se passe, je me mets à m'époumoner pour que tout s'arrête, et vite ! Arsh, cognant sur la cabine, m'ordonne de cesser de gueuler parce que je dérange les autres.

De toutes les fissures de cette horrible boîte entrent des araignées ! Les murs et le plafond en sont bientôt recouverts. Pour ne pas crier, il me faut conserver les yeux clos. Et même alors, je me mettrais à frapper la porte pour sortir si elle n'était également recouverte. Je me mets à chialer, à gémir et à supplier.

Je continue à geindre, à peine réconforté de voir ces bestioles éprouver assez de peur envers moi pour ne pas me grimper dessus. Le maître m'explique :

— Tu peux ouvrir la porte, David. Il te suffit de la pousser.

Mais pour l'ouvrir, il faudrait poser ma main sur les araignées ; mais rien que d'y penser, je me sens mal.

Arsh dit ensuite :

— Je retourne avec les autres, David. Quand tu te décideras à sortir, tu n'auras qu'à nous rejoindre.

— Non ! hurlai-je.

Je vais passer le reste de ma vie dans cette cabine s'il n'en tient qu'à moi. Il faut qu'il revienne.

— Je vous en supplie, ne me demandez pas ça. Ouvrez-moi, Maître ! essayé-je à nouveau.

Une jeune voix inconnue m'annonce alors :

— Il est parti. Tu veux que j'ouvre ?

Que dirait le maître si je profitais de cette offre ? Il ne m'avait pas interdit de profiter de l'aide qui se présentait. Mais il avait dit que je pouvais sortir en poussant la porte. Alors si j'acceptais, sans doute me renverrait-il dans cette cabine ou chez moi ? J'hésite si longuement à répondre que l'inconnu fini par me demander :

— Ça va là-dedans ?

J'affermis ma voix autant que faire se peut et réponds :

— Oui, ça va.

— Est-ce que je t'ouvre ?

Je prends une profonde inspiration avant de répondre « non ». À l'extérieur, plusieurs s'interrogent sur ce qui se passe dans ma cabine pour que, malgré ma frayeur évidente, je me refuse à pousser une porte non verrouillée. Quelqu'un voulait ouvrir malgré mon refus. Les autres l'en découragent :

— Non. Il vaut mieux ne pas se mêler des affaires d'Arsh.

Je mets un temps fou juste pour me décider à ouvrir les yeux, puis plus de temps encore pour ne pas les refermer aussitôt. Si elles restaient immobiles, je pourrais me convaincre que les araignées ne sont pas réelles. Mais le sont-elles ? Pour le savoir, il faudrait les regarder si longtemps !

J'essaie de les considérer d'un « regard neuf », de penser à elles en imaginant qu'elles me sont étrangères et que je veux les étudier. Après quoi je tente, comme pour les charbons ardents, de me mettre en transe. Rien n'y fait.

Je me mets alors à songer aux Achantes. Nous leur devons le saut sur filandre (ou fil de la Vierge), sport très populaire sur Terre. À l'aide de leurs fils tissés en câbles des plus résistants, on leur demande, partout dans le Monde libre, d'ériger d'imposantes structures pour construire des ponts ou pour réaliser différents projets d'architecture souple. Ces structures, souvent longues de plusieurs kilomètres, brillent comme le quartz au soleil et se couvrent après la pluie de milliards de fines gouttelettes qui les transforment en de véritables rivières de diamants. Les Achantes sont aussi de grands artistes. On s'arrache certaines de leurs créations tridimensionnelles qui démontrent leur ingéniosité et d'incontestables qualités de techniciens. Non contents de cela, ils sont de plus en plus reconnus pour leur patience ainsi que leur sens de l'à-propos et de la mesure qui les destinent à des charges de consul.

Tout en me distrayant de mon affreuse situation, penser aux Achantes m'y ramène. J'ouvre un peu plus souvent les yeux. Quand je peux les garder ouverts assez longtemps, j'essaie de me représenter ces araignées comme des Achantes lilliputiennes. C'est de cette façon que je découvre qu'elles ne sont que des projections tridis. Si elles ne venaient pas sur moi et ne descendaient pas sur le sol, c'est que seuls les murs et le plafond étaient conçus pour servir d'écran de projection.

Pousser la porte me demande quand même beaucoup de courage : rien que de devoir mettre la main sur ces trop parfaites images me trouble. Pour me faciliter la tâche, je ferme les yeux et prends plusieurs grandes inspirations. J'arrive ainsi à sortir. Il n'y a plus personne dans la salle ; à moins que quelqu'un d'autre ne se trouve encore dans une cabine.

Au bout du corridor, je vois la porte extérieure et, par celle-ci, la nuit. Je suis pris de l'envie d'aller prendre une bouffée d'air, mais je sais que, sur le perron, il y aura plusieurs gardes. Je regagne donc mon groupe. Quand je le rejoins, je demande au maître :

— Vais-je devoir y retourner ?

— Qu'en penses-tu ?

Si j'ai fait le premier pas pour m'affranchir de ma phobie, je n'en suis pas pour autant libéré. J'en conclus que mon supplice reprendra un autre jour, sans doute sous une forme plus réelle. Cette idée me fait frémir. L'épreuve n'en finira donc jamais !

Le lendemain, je dois, comme prévu, retourner dans la salle aux cabines. Il règne dans l'édifice un silence remarquable. Quand nous y arrivons, il n'y a personne. Tous les groupes à part le mien doivent encore dormir.

Arsh se dirige vers une nouvelle cabine à l'intérieur de laquelle il pianote sur une minuscule console. Il en sort et me tient la porte ouverte. Lorsque je passe devant lui, il pose une main sur mon épaule et me demande :

— Prêt à continuer ?

— Si je ne me retenais pas, je prendrais mes jambes à mon cou et rentrerais chez moi.

Il ne me reste plus, si mes calculs sont justes, qu'une semaine d'initiation à vivre. Je ne voudrais surtout pas avoir traversé en pure perte toutes les difficultés des dernières semaines. J'entre dans la cabine et ferme immédiatement mes yeux.

— Comme la première fois, tu n'auras qu'à pousser la porte, David.

Quand elle est refermée, je vérifie ce qui se passe. Comme précédemment, des araignées sortent de tous les interstices des murs. Je ne peux croire que l'on réutilise les images tridis. Pourtant, tout se déroule comme la veille.

Les murs et la porte sont bientôt recouverts d'une masse velue et grouillante. Je me prépare donc à ouvrir. Lorsque je m'y résigne, j'avance une main craintive vers un tout petit espace sur la porte où je ne vois rien bouger. Dès que je le touche, je sens des pattes essayer de monter sur ma main ! Je hurle et, dans l'affolement, me jette presque sur le mur arrière. Je bondis aussitôt au milieu de la cabine où je m'examine de la tête aux pieds pour m'assurer que je ne suis pas habité. Je vérifie aussi que l'on ne cherche pas à m'aborder.

Je veille ensuite à demeurer scrupuleusement au centre de la cabine. Tant que je m'y trouve, que je ne touche pas aux murs, je serai peut-être en sécurité. Mais combien de temps pourrai-je rester debout, immobile ? Je dois trouver une solution.

Je regarde alentour, cette fois dans l'espoir futile de trouver un objet qui me permettra d'ouvrir sans entrer en contact avec le motif de ma peur. Bien entendu, il n'y a rien de semblable. Ma recherche me permet toutefois de constater que les araignées, en plus du plancher, ignorent aujourd'hui le plafond.

Avait-on enduit sol et plafond d'une substance répulsive pour elles ? Pas que ce fait me déplaise : je suis trop heureux qu'elles ne puissent me tomber dessus ou monter le long de mes jambes. Brrr ! Je ne veux même pas imaginer en détail une telle éventualité.

Je me convaincs de tenter à main nue un nouvel essai d'ouverture, mais ma peur m'interdit toute approche à moins de dix centimètres de la porte.

Je me mets donc à l'étude du comportement arachnéen. Ce qui me frappe d'abord est leur relative immobilité : aucune ne dépasse le minuscule territoire délimité par la présence des autres. Aucune n'essaie de tuer ses congénères. Est-ce parce qu'elles sont toutes de la même espèce qu'elles ne s'entre-tuent pas ? Pas une n'entreprend de construire une toile ; pas même celles qui se trouvent le plus près des coins. Elles devraient tenter de fuir, se piétiner, s'attaquer ; mais chacune recouvre bien sagement sa petite portion de mur pour former, toutes ensemble, une tapisserie vivante. Décidément, leurs agissements ne sont pas naturels.

Je me souviens alors des projectiles du test d'adresse. Eux non plus n'obéissaient pas toujours aux lois de la nature. J'examine d'un peu, très peu, plus près les exceptionnelles bestioles.

Il existe entre elles une parfaite similitude. D'ordinaire, même chez des animaux d'une même espèce, de sexe et d'âge identiques, on trouve de nombreuses différences. Des robots ! Si elles n'étaient que de minuscules robots pas très bien programmés en plus… On fabrique tant d'animaux-robots de nos jours. Les gens qui ne peuvent garder de vrais animaux à leur domicile s'en offrent des copies. De riches excentriques commandent des doubles de bêtes extraterrestres étranges et d'animaux d'espèces rares ou disparues. Pourquoi n'aurait-on pas reproduit en plusieurs centaines d'exemplaires le même type d'araignée ?

Suis-je plus avancé maintenant que je pense avoir affaire à des robots ? Certes, ma peur diminue d'un cran, mais je ne veux toujours pas sentir leurs pattes ni sur mes mains, ni sur mes pieds, ni ailleurs sur mon corps. Ma crainte demeure assez puissante pour me maintenir prisonnier.

La peur qui emprisonne, qui entrave le corps et l'esprit, devient l'ennemi à abattre. Arsh ne veut pas me garder prisonnier, mais me délivrer. Si je n'avais eu cette stupide peur, sortir de ma cabine n'aurait présenté aucun problème. Pas plus que d'y rester d'ailleurs.

Le maître aurait pu demander à un psy de m'hypnotiser et de me convaincre que j'adore les araignées, ou employer l'une des nombreuses techniques modernes servant à la même fin ; cependant, ces méthodes soit ne fonctionnent pas ou le font très mal, soit ne sont efficaces que pour de brèves périodes.

Le seul moyen fiable connu à ce jour est d'affronter graduellement la cause de sa peur afin d'en comprendre les ressorts et les séquelles, les tenants et les aboutissants. On ne peut guérir un mal que l'on se refuse à voir, que l'on cache derrière un baume sécurisant.

Au bout de deux heures environ, j'entends des voix étrangères dans la salle : les autres groupes ont fini par se lever. Je suis parvenu, quant à moi, à me relaxer et à me persuader de donner un coup de pied dans la porte. À cause de la secousse, plusieurs robots qui s'y trouvaient sont tombés par terre à l'extérieur. Je sors et referme en les repoussant de mon mieux dans la cabine.

Des gens massés près de la sortie s'écartent pour me laisser passer. Je me souviens de l'un des rêves que j'ai fait dans le caisson : le héros que la foule idolâtre. Aujourd'hui, la foule ne peut guère m'arracher mes vêtements. De l'une des cabines, j'entends quelqu'un rire aux éclats. Les épreuves comme les cabines ne servent pas toutes aux mêmes visées !

Pendant les jours qui suivent, je dois retourner dans la mienne. Chaque fois, les araignées deviennent plus vraies. Le lendemain, au lieu de n'avoir qu'un seul modèle de robots, il y en a plusieurs. Leur programmation s'est nettement améliorée. Toutefois, elles ne circulent toujours ni sur le plafond ni sur le sol.

Le surlendemain, il s'agit encore de robots, mais ils envahissent ma zone protégée. Je ne reste pas très longtemps dans ma cabine cette fois-ci. En effet, si je dois me faire grimper dessus, mieux vaut que ce soit en poussant la porte.

Quand je rejoins le maître après cette quatrième expérience, celui-ci me reçoit en me disant :

— Ah, David ! Je savais bien que tu ne mettrais pas longtemps à sortir ce matin, alors je t'ai préparé un nouveau séjour pour... tout de suite.

Je retourne donc dans ma cabine juste après l'avoir quittée. Les araignées sont les mêmes, mais je ne peux plus sortir en poussant la porte ; il faut que je trouve son code d'ouverture !

Si Arsh croit que j'ai assez d'aplomb pour réfléchir à des codes lorsque des araignées me grimpent dessus... Je me débats, me secoue et me démène pour repousser les assauts. Je n'arriverai jamais à trouver le code dans ces conditions.

Au bout d'une éternité... et demie, je finis par en avoir assez de chasser sans arrêt ces machines qui ont toutes été programmées pour me recouvrir. Je les laisse faire. Au début, voulant oublier l'affreuse sensation de centaines de pattes minuscules courant sur ma chair révoltée, je m'accroche à toute pensée capable de me les rendre moins présentes. Quand elles commencent à couvrir mon visage, je recommence à me secouer ; pas dans le seul but de ne pas suffoquer, mais parce que leur contact m'est encore plus insupportable là qu'ailleurs.

J'essaie de les écraser en marchant dessus. Malheureusement, elles sont beaucoup plus résistantes que de vraies araignées. Malgré leur petite taille, je n'arrive pas à en détruire une seule. Je ne réussis qu'à me blesser à un pied : le droit, toujours.

Ne pouvant les détruire en les écrasant, je porte ma main droite toute gantée d'araignées près de mes yeux. Je trouve la force d'essayer d'arracher les pattes de l'une d'elles ; sans succès. Il m'aurait fallu des pinces et un étau. « Elles sont vraiment d'excellente qualité », soupiré-je.

Las de ces efforts de destruction, j'essaie de trouver le code d'ouverture. Toutes profitent de ma concentration pour m'envahir, me faisant de leurs corps une armure mouvante. Ce code ne peut pas être « araignée » : j'aurais pu me libérer par accident en hurlant « Saloperies d'araignées ! » Ce n'est pas davantage « sortir » : j'aurais pu crier « Laissez-moi sortir » ou demander « Quand vais-je sortir ? » et la porte se serait ouverte d'elle-même. J'essaie « phobie », « prison », « liberté », « Greg Arsh »,

« David Bar-Kokhba », « Ancien », « maître », « maîtrise », « sésame, ouvre-toi », « code » et tout ce qui me passe par la tête ; mais la porte demeurait hermétiquement close. Je décidai de tenter ma chance avec des chiffres. À combien de séjours dans cette cabine en suis-je déjà ? Cinq. Le code pouvait-il être aussi simple ? Il l'est.

Je sors recouvert de mon armure. Des jeunes de la salle se mettent à crier. J'en suis effrayé. Quand je comprends alors que c'est moi, la cause de tout cet émoi, je me mets à rire comme je n'ai pas ri depuis très longtemps. Mieux que ne l'auraient fait plusieurs heures de relaxation, mon rire libère mes pensées encore engluées dans des toiles d'araignées, dénoue et décontracte tous mes muscles. Je rejoins mon groupe dans l'état où je me trouve. Quand il m'aperçoit, le maître me sourit et me dit :

— Tu n'es qu'un grand enfant, David.

D'un mot, il me débarrassa de mon armure d'araignées qui s'effondre, inerte, sur le sol. Maud ordonne aux araignées d'entrer dans un coffre. Elles obéissent toutes, à l'exception d'une araignée que le maître suspend à une chaînette et à mon cou. Comme la bestiole essaie sans cesse de s'échapper, je prends l'habitude de sentir huit pattes marcher et courir sur ma peau.

De centaines de fausses araignées, je passe à l'étape de l'araignée unique, mais vivante. Puis, il y en a des centaines bien trop en vie, mais qui ne s'approchent pas de moi. Enfin, on m'enduit le corps d'une substance qui les attire toutes sur moi, tout en évitant qu'elles m'injectent leur venin.

Toutes ces étapes m'ont été pénibles mais, désormais, je suis certain que je ne jetterais pas mon bol par terre, juste parce qu'il a une fleur gravée au fond, ou je ne fuirais pas en criant à la seule vue de l'une d'elles. Vivre sur Achantis ne me tente toujours pas ; toutefois, je pourrai rencontrer un Achante sans risquer de perdre la raison. Je suis reconnaissant à Maître Arsh, car en me faisant ainsi affronter ma peur, il m'a permis d'apprendre à la dompter.

Chapitre 13

Les derniers jours de notre test ont ressemblé aux premiers, en raison des épreuves inventives et éprouvantes auxquelles Maître Arsh nous a soumis. Je me souviens surtout de deux d'entre elles, qui m'ont particulièrement marqué.

Un matin, au lieu de nous éveiller dans la salle numéro un, nous ouvrîmes les yeux sur un monde inconnu qui me fit aussitôt penser à l'intérieur d'un gigantesque estomac.

Les parois de cet estomac étaient souples, chaudes et humides. Elles se contractaient et se distendaient à intervalles réguliers. La luminosité produisait une vraie fantasmagorie de couleurs changeant, s'entrecroisant, se mélangeant, s'intensifiant ou s'atténuant de seconde en seconde. Les sons, parfois très mélodieux, étaient le plus souvent doux et sourds, mais à d'autres moments s'enflaient et vibraient jusqu'à la stridence. Les odeurs variaient aussi. De suaves et subtiles, elles devenaient musquées et capiteuses, puis plus pénétrantes ; enfin, elles se faisaient nauséabondes et suffocantes, empuantissant tout.

Dans cet incroyable viscère en constant changement, nous barbotions soit dans des substances onctueuses, douces et chaudes, soit dans d'autres, rêches, visqueuses, tièdes ou glacées.

Quand nous nous vîmes submergés par ces liquides, chacun réagit selon son caractère : Gao, sans un mot, se contenta de laisser passer la vague ; Ludmilla tantôt s'énervait et passait des commentaires assez crus sur le bon sens du maître, tantôt avait du mal à demeurer en surface tant elle riait ; moi, à mi-chemin entre l'une et l'autre, j'essayais comme toujours de comprendre l'utilité de cette nouvelle éprouvante expérience.

J'adoptai nettement le comportement coléreux de Ludmilla lorsque je sentis quelque chose me frôler les jambes, puis y adhérer. Je crus d'abord avoir affaire à de vulgaires sangsues ; mais des sangsues n'auraient pu survivre dans le magma glauque et sulfureux dans lequel nous pataugions.

J'entendis mes amies pousser des exclamations de dégoût. Ludmilla s'écria :

— Mais qu'est-ce que c'est ça, par Shaddaï ?

Elle tenta de s'éloigner de ce qui l'avait frôlée, en vain : le liquide en était plein. Gao réussit à arracher la bête qui adhérait à sa hanche et à nous la montrer.

— Quelqu'un a-t-il déjà vu un animal comme celui-ci ?

Nous n'avions jamais rien vu de tel. Cet animal amiboïde mesurait environ quinze centimètres sur dix. Son épaisseur ne dépassait pas cinq centimètres. Il était blanchâtre, luminescent et presque transparent. On devinait à travers sa chair flasque la forme de ses viscères. Il ne possédait ni endosquelette ni exosquelette. Parfois, son corps s'étirait jusqu'au double de sa longueur, sa largeur diminuant en proportion.

Mon étude très froide, presque scientifique de la chose cessa soudain lorsque je sentis l'une des amibes géantes essayer de s'introduire dans mon intestin. Ludmilla venait d'en chasser une qui cherchait à s'introduire dans sa bouche.

Aucun de nous ne désirait être pénétré dans l'un de ses orifices. Nous luttions donc contre des forces en surnombre qui se liguaient contre nous. Pour couronner le tout, la pièce mobile où nous nous trouvions prit le parti des bêtes : elle nous secoua, nous comprima, nous submergea de plus belle. Personne ne riait plus.

Habitué à être assailli de toute part, je réussis à conserver assez de calme pour réfléchir. Je découvris, non sans anxiété, que je possédais sur ce lieu et sur ces bêtes (mais en étaient-elles ?) fort peu d'éléments susceptibles de nous aider à nous sortir de là. Nous pouvions tout aussi bien nous trouver sur la Lune que sur n'importe quelle planète.

Je me mis à la recherche d'une sortie, d'abord en surface, ensuite à l'intérieur de cet infect bourbier. Quand je plongeais, les amibes venaient se coller à mon visage. Je n'avais de cesse que de les en déloger. Après de nombreuses et inutiles tentatives, j'abandonnai mes recherches. Tout mon corps était couvert de substances de toute couleur et de toute odeur qui commencèrent à sécher et à s'encroûter.

Les filles essayèrent aussi de nous sortir de là. Comme moi, Ludmilla cherchait une sortie ; elle massait et frappait les parois du monstrueux estomac, peut-être dans l'espoir qu'il nous régurgitât. Gao essayait de trouver un mécanisme ou un code, un mot de passe qui aurait déclenché l'ouverture d'une porte invisible.

Le but de l'expérience en cours était-il de nous obliger à trouver une échappatoire ? N'était-il pas plutôt de nous exposer à l'inconnu sous toutes ses formes ? On dit : « Si tu vas à Rome, agis en Romain. »

Si, au moins, je savais à quel endroit et en présence de quel « peuple » nous nous trouvions ! Ces amibes pouvaient-elles communiquer avec nous ? Leur degré d'évolution ne semblait pas très élevé et, en apparence, elles ne savaient rien faire d'autre que d'essayer de nous pénétrer par tous nos orifices. J'eus beau tenter de leur parler, d'entrer en contact mental avec elles, je n'obtins que l'hilarité de mes amies.

Était-il possible que les amibes eussent, elles aussi, voulu communiquer à leur façon en essayant de nous pénétrer ?

Le maître devait nous observer. Mes amies qui, depuis un bon moment, se contentaient de repousser sans conviction l'assaillant, sursautèrent lorsque j'annonçai haut et clair mes intentions.

— Maître. Je tiens à ce que vous sachiez que j'ai décidé de laisser ces amibes me pénétrer comme bon leur semblera.

Pas de réponse. Mais le liquide, qui se maintenait depuis longtemps à la hauteur de ma taille, baissa ; il n'en resta bientôt plus qu'une trentaine de centimètres. Je pus constater qu'il devait y avoir plusieurs centaines d'amibes.

Je m'assis en m'adossant à la paroi mobile et écartai les jambes. Trois amibes s'y dirigèrent et s'amincirent si bien que je les sentis à peine s'infiltrer en moi. Aucune autre ne s'introduisit. Celles qui adhéraient encore à mes membres, mon dos, mon ventre et mon visage s'éloignèrent. Je sombrai si vite dans le sommeil que mes amis craignirent que je ne fusse mort.

Je rêvai aux amibes. Elles voulaient se reproduire, mais il leur fallait aller dans le refuge, le nid, l'antre vivant. Sur leur planète, un orage terrible, si ça n'était pas autre chose, avait tout obscurci pendant... (je ne compris rien à leur notion du temps) ; ce que je retins était l'interminable durée de cet orage destructeur. À la fin, les créatures recelant en elles des antres étaient toutes mortes. Pour les amibes survivantes, cela signifiait aussi leur disparition à plus ou moins brève échéance. Que pouvaient-elles faire ? Y avait-il un dernier recours ? Elles n'en savaient rien.

Puis, des masses sombres et grandes comme... (je crois qu'il s'agissait de montagnes) étaient tombées de tout là-haut. D'étranges créatures en étaient sorties ; mais leurs antres étaient inhabitables : aussitôt qu'elles les pénétraient, ils émettaient des... (lumières ? chocs ? éclairs ?) et les créatures devenaient... (immobiles ? mortes ? endormies ?). Les amibes ne s'introduisirent plus en elles. Elles laissèrent les créatures jumelles s'agiter en tout sens pour prélever qui un peu de terre, qui un peu d'eau, qui des bouts de... (vie ? mort ? plantes ? animaux ?). Elles s'emparèrent même de quelques amibes. Et les grandes masses sombres repartirent d'où elles étaient venues.

Bientôt, de nouvelles masses arrivèrent. Elles contenaient de vraies créatures vivantes. L'une d'elles, qui possédait entre ses piliers deux habitacles, les accepta et les reçut en elle. Cette créature forte et saine ne les craignit pas. Elle trouvait naturel que les petites amibes qui croissaient en elle se nourrissent de ce que, d'ordinaire, elle rejetait dans un (vide ? tube ? réceptacle ?) de la masse volante. La créature était heureuse de donner cette part d'elle-même qui ne lui servait plus et de prêter son corps à une vie nouvelle. La créature les aimait et elles aimaient cette créature-là plus que tout autre avant elle.

Autrefois, avant l'orage, il était difficile d'en trouver une qui voulût les accueillir. Quand elles en découvraient une, sa peur croissait souvent aussi vite que son antre. La peur, devenue trop intense, provoquait la naissance avant terme des petits qui en mouraient tous. « Pauvres petits ! Pauvres enfants ! » pleuraient les amibes dans mon ventre. Puis, comprenant que je ne les craignais pas, que je ne les tuerais pas et que leurs enfants pourraient naître, elles exultèrent.

La créature qui savait mêler ses pensées aux leurs avait promis qu'elle les aiderait à trouver dans ce monde-ci de nouveaux antres où elles procréeraient. Elles avaient accepté de lui faire confiance. Avec raison, car maintenant elles renaîtraient !

Leur reconnaissance et leur allégresse devinrent trop intenses : je m'éveillai. Je racontai mon rêve à mes amies qui s'inquiétaient de moi. J'étais si ému, si convaincant, qu'elles acceptèrent de recevoir à leur tour des amibes. Dès que Ludmilla et Gao s'éveillèrent, le maître nous fit quitter la pièce souple.

~.~.~

— David, commença-t-il sur un ton laissant présager la gravité de ce que j'allais entendre, sais-tu que des équipages entiers sont morts pour avoir accordé leur confiance à des êtres dont ils ignoraient tout ?

Que ma naïveté soit la cause de ma fin, passe encore ; mais je supporterais mal de vivre si elle provoquait la mort de mes amies.

— Les amibes ne nous veulent pas de mal. Elles ne veulent rien d'autre qu'avoir des petits, tentai-je pour me disculper.

— Quelle certitude en as-tu ?

— Mais, je... Elles...

— Je leur ai prêté, moi aussi, mon corps et mon esprit. Tu as eu raison de leur faire confiance, mais il aurait pu en aller tout autrement. Me comprends-tu ?

— Oui maître, fis-je, contrit.

— Mais s'il n'y avait eu aucun autre moyen de communiquer avec elles, aurions-nous dû nous abstenir de l'employer ? demanda Gao.

— Bien qu'elles n'aient pas d'yeux, elles communiquent par émission lumineuse. Leur peau, qui leur sert à la fois d'organe de la vue et d'expression de la pensée, s'illumine par vagues et par taches successives, un peu comme celle de la seiche sur Terre, mais dans un spectre lumineux qui nous est partiellement invisible. De plus, ces changements de couleurs et d'intensité lumineuse sont si brefs et rapides que notre œil humain ne perçoit qu'un clignotement flou.

— Nous ne le savions pas, nous défendit Ludmilla.

— Là se trouve le cœur du problème : vous ne saviez rien. Il est rare qu'en mission vous vous retrouviez sans aucun instrument de contrôle et de communication ; mais en de telles circonstances, si vous décidiez de tenter quelque chose, il faudrait vous montrer très prudents. Jamais plus d'un tiers de l'équipage ne devrait alors se prêter à une telle expérience. Et ce tiers devrait demeurer sous bonne garde et sous observation constante. Dans votre situation, il aurait été préférable d'attendre que naissent les petits que David portait afin de vous assurer que cette grossesse peu ordinaire et ces non plus ordinaires nouveau-nés n'entraîneraient rien de regrettable.

— Je me suis montré négligent. J'ai agi sans réfléchir en les convainquant de m'imiter.

— Nous n'étions pas obligées de t'écouter, David, compatit Gao.

— Vous avez tous fait preuve de beaucoup d'insouciance et de… grande générosité. Cette propension à vous donner sans rien attendre en retour et même au risque de vos vies me plaît. J'y souscris volontiers.

Ouf ! Pour la millionième fois en trois semaines, je me croyais bon à jeter aux ordures et, pour la millionième fois, mon intervention recevait la pleine caution du maître.

Tard le surlendemain, nous donnâmes naissance à des centaines de minuscules amibes. Notre ventre, qui avait un peu grossi, reprit bientôt sa forme première. Nous pûmes admirer, grâce au maître et à une présentation tridi ralentie, l'expression de joie intense des amibes. Cette joie se manifestait par une grande fantaisie de couleurs et d'arrangements. La vue de tout ce bonheur dont j'étais en partie la cause m'emplit de fierté. Les larmes aux yeux, j'étais presque euphorique. J'imaginais qu'il fût devenu impossible aux Terriens de se reproduire sans une intervention étrangère dont personne n'aurait voulu nous gratifier. Quelle joie ressentirions-nous si enfin quelqu'un voulait nous aider ? Quand me serait-il donné de revivre aussi gratifiante expérience ?

~.~.~

Le matin du dernier jour, Arsh nous avait réservé une activité cruciale. La salle d'architecture molle, nettoyée et immobilisée, s'emplissait aux deux tiers d'eau fraîche. Il nous invita à y nager. Nous montrant l'exemple, il se dévêtit et plongea depuis la bouche d'entrée et de sortie située un peu au-dessus du niveau de l'eau. Je croyais découvrir sous ses vêtements une musculature d'haltérophile ; je ne vis qu'un corps ferme qui me fit justement penser à celui d'un nageur.

Après l'avoir un moment regardé nager en souplesse, je me joignis à lui. Ludmilla et Gao plongèrent ensemble après moi. Alors, le niveau de l'eau s'éleva jusqu'à remplir toute la pièce. Il n'existait plus un seul endroit où aller reprendre souffle. Seul le maître pouvait commander l'ouverture de sortie.

Bien que ne croyant pas qu'il en existât, je cherchai un recoin où une bulle d'air eût pu se loger. Quand je sentis approcher le moment où mes poumons et mon cerveau m'obligeraient à aspirer, je lançai un appel mental à l'aide à l'intention du maître.

— *Si l'on t'ouvre, tu nous quittes pour de bon.*

Je ne pouvais vivre sans air et ne souhaitais pas mourir. Lorsque j'avais laissé les amibes me pénétrer, j'avais mis inconsciemment ma vie en danger. Maintenant, on me donnait à choisir entre la vie et la mort. Arsh n'avait-il rien voulu depuis le début que nous éliminer d'une façon ou d'un autre ? Ou bien cherchait-il à provoquer un nouveau scandale dont nous serions les victimes ? Pourtant, jamais personne n'était disparu sans laisser de trace lors d'une initiation.

Au-dessus de ma tête, Gao cherchait de l'air contre la surface. Ludmilla, de plus en plus affolée, luttait contre la paroi lisse à l'endroit où auparavant se trouvait la bouche de sortie. Elle faisait des signes désespérés au maître pour qu'il l'ouvre. Quand l'ouverture finit par béer, mon amie se laissa aspirer par cet organe déhiscent. Ainsi, elle avait choisi la vie.

Gao avait rejoint le maître. Elle jouait maintenant avec lui à un jeu aquatique comme on en joue sur Jouvence. J'aspirai. J'éprouvai la sensation familière de quelques gouttes d'eau dans mes bronchioles, puis de l'air emplissant peu à peu mes poumons. Comme je venais de le deviner, on nous avait installés dans le larynx des pseudobranchies. Grâce à elles, je pourrais respirer pendant au moins trois heures dans cette eau si on ne l'avait pas oxygénée et aussi longtemps qu'il me plairait si elle l'avait été. Mais quand nous avait-on munis de ces appareils respiratoires ?

— *Pendant votre sommeil. Nous·vous avions administré un excellent somnifère.*

La fatigue n'était donc pas la seule cause de mon rapide endormissement et de mon profond sommeil. Comme quelques fois auparavant, on nous avait drogués à notre insu. Qui sait ce qu'ils avaient pu faire d'autre grâce à ce moyen !

Nous folâtrâmes encore un peu tous les trois. Quand j'interrogeai le maître au sujet de Ludmilla, il nous fit signe de le suivre.

Ludmilla terminait de se vêtir. Fabien avait à la main les pseudobranchies qu'il venait sans doute de lui retirer. Pendant que je la regardais, un sentiment comparable à celui que j'avais ressenti lors de ma rupture avec Misha me gagna.

Bien plus que lors de l'enfantement des amibes, je souffrais du vide qui s'était creusé en moi et s'agrandissait à chaque départ.

Je revois tout ce qui nous a unis : toutes les tribulations par lesquelles nous sommes passés ensemble. Je veux qu'elle reste. J'y tiens !

— Pendant que la porte se refermait derrière moi, j'ai compris ce que vous aviez fait. J'ai voulu rentrer, vous rejoindre ; mais l'ouverture n'était plus assez grande. C'est injuste ! Être chassée si près de la fin pour avoir compris une seconde trop tard.

— Une seconde est plus qu'il n'en faut pour passer de vie à trépas, Ludmilla, lui répond Arsh.

— Que vouliez-vous donc ? Que l'on sacrifie nos vies ?

— Qui est mort ?

— Nous ne savions pas que vous nous aviez munis de pseudobranchies. Pour rester là-dedans, il fallait être prêt à mourir.

— Pour devenir un maître, il faut être prêt à donner votre vie si l'on vous la demande, rappelle Arsh.

— Ma vie, je la donnerais pour une cause qui la vaut ; pas rien que pour vous satisfaire.

— Attendre un paiement, si minime soit-il, pour l'acte de bravoure, d'amour ou d'abnégation que l'on accomplit, ce n'est pas se donner, c'est marchander son dévouement.

— De quel marchandage parlez-vous donc ? Quel est mon supposé paiement ?

— Tu attends une grande cause pour te donner. Tu espères que tes efforts ne se révéleront pas inutiles, que ton don portera de beaux fruits. Tu souhaites que l'on se montre reconnaissant de ton offrande. Toutes ces espérances ne visent que ta propre satisfaction. Cette satisfaction de tes désirs, voilà le paiement dont je te parle, Ludmilla.

Les paroles du maître me rappellent l'inscription au-dessus de la porte principale de l'Enfer : « Toi qui passes ce seuil, laisse toute espérance personnelle. » La clé de la réussite de l'épreuve est inscrite là, en toutes lettres, et c'est seulement aujourd'hui, le dernier jour de mon initiation, que je le saisis pleinement.

Ludmilla doit avoir compris, elle aussi, car elle se tait. Le maître propose :

— Pose un seul acte gratuit et peut-être croirai-je assez en toi pour t'admettre.

Fabien désigne la porte à Ludmilla qui s'y dirige à regret. Avant de sortir, elle se retourne.

— Maître. Vous avez une dette envers moi. Vous m'avez assuré que je pourrais vous demander ce qui me plairait quand je le désirerais.

— Oui, Ludmilla.

Pour qu'elle traverse les braises, Arsh avait posé un geste lui rappelant les pires moments de son passé. Elle le lui avait reproché. En guise de réparation pour son erreur, le maître lui avait sans doute offert ce marché.

— Je veux que vous m'admettiez aujourd'hui même.

— Je dois te remémorer les termes de notre entente. Je t'ai dit : « Tu pourras me demander ce que tu voudras quand il te plaira, sauf ce qui pourrait nuire à quelqu'un et ce qui changerait le cours normal de ton cheminement à Éden. »

— Vous vous arrangerez bien toujours pour ne faire que ce qui vous convient !

— Ne nous as-tu pas déjà expliqué que tu ne souhaitais rien tant que le bonheur d'autrui ? Pourquoi alors ne m'as-tu pas demandé de réadmettre l'un de tes camarades exclus ?

Ludmilla réfléchit, mais ne trouve rien à répondre.

— Quel usage feras-tu maintenant de mon offre ? L'utiliseras-tu pour un ami ou attendras-tu une meilleure circonstance pour réclamer le paiement de ma dette ?

Je me demande ce que je ferais en pareil cas. Je prends conscience que la question du maître me concerne aussi. Comme mes autres camarades, Ludmilla serait chassée sans que j'intercède en sa faveur ?

— Maître, puis-je... commençons-nous ensemble, Gao et moi.

Le maître pose une main sur l'épaule gauche de Gao et l'autre sur mon épaule droite.

— Tout ce que vous pouvez pour elle est de lui offrir votre place.

Encore et toujours, tout ici se paie cher. M'évitant une décision fort difficile, Ludmilla s'empresse de dire :

— Non. Je refuse. Bien que je leur sois reconnaissante de chercher à m'aider, je préfère me débrouiller sans eux.

Ludmilla nous embrasse et, comme Sipho, nous promet que nous la reverrons très bientôt. Nous lui répondons que nous n'en avons pas le moindre doute. Je lui répète les paroles d'encouragement que m'avait exprimées Dennis :

— Tu réussiras ta prochaine épreuve comme si tu avais les pieds dans des bottes d'élan, tu verras !

Ma remarque la déride un peu ; j'en suis content. Lorsqu'elle nous quitte, je me demande s'il restera quelqu'un avant la fin du compte à rebours.

Chapitre 14

Maud et Wil viennent discuter avec Gao et moi en attendant que le maître termine de nous préparer un repas « à sa façon » commencé par d'autres selon ses recettes personnelles. Il n'y a pas de quoi être rassurés ! Les repas précédents n'avaient-ils pas été cuisinés selon ses recommandations ? Et cette discussion avec ses deux aides ne servira-t-elle pas à découvrir une faiblesse, un manque, un défaut négligé jusqu'ici ?

Bien des fois auparavant, lors des repas, nous avons jasé avec le maître et ses assistants ; alors, la conversation s'engage d'elle-même sur son bon vieux terrain d'envol. Sans m'en rendre compte, je me laisse emporter par elle. Nous parlons de tout et de rien, comme on le fait toujours entre bons amis. Malgré moi, j'en reviens souvent à l'épreuve ; mais j'en parle sans nulle gêne.

Lorsque le maître revient, nous en sommes à nous raconter des histoires drôles. Il nous donne nos vêtements dont nous commençons à nous revêtir, émus à l'idée de la fin toute proche. Pendant que nous terminons, il nous raconte des histoires qui me font rire à un point tel que j'en ai du mal à m'habiller. Si ses plaisanteries nous amusent tant, ce n'est pas qu'elles sont hilarantes en soi, mais parce que ses aides nous les ont toutes déjà racontées.

Quand nous entrons dans la salle à manger, nous avons l'excellente surprise de trouver, non seulement des chaises, mais une table dressée de jolie façon où des plats appétissants nous attendent.

Le maître sert tout le monde en commençant par Gao et moi. Je ne sais pas si c'est d'avoir perdu l'habitude d'une nourriture décente, mais je trouve ce repas vraiment fameux. En mangeant, nous continuons la discussion. Puis, le maître m'interroge :

— Je t'avais prévenu au début de l'épreuve que je t'interrogerais plus tard sur les étapes initiatiques imposées aux enfants darumiens ; t'en souviens-tu, David ?

— Maintenant que vous le dites, oui ; mais, j'avais complètement oublié.

— Peux-tu tout de même essayer de me donner une opinion plus intelligente sur la pertinence ou sur l'inutile cruauté de ces coutumes initiatiques que la dernière fois ?

Si je me souviens bien, je ne devrais avoir aucune difficulté à trouver mieux ; car la dernière fois, j'avais répondu : « je ne sais pas. »

— Pas plus sur Terre qu'ailleurs, on ne laisse œuvrer la nature, Maître. Ici, on use d'autant d'imagination et de science pour tuer que pour perpétuer. Mais une étape initiatique qui a pour but, avoué ou non, de tuer n'est pas digne de son titre, c'est une tentative de meurtre.

— Et si les étapes initiatiques ont pour but, avoué ou pas, d'armer les jeunes pour la survie dans un environnement hostile ?

Je lui réponds par une autre question :

— Ne peut-on plutôt les aider à faire face aux difficultés lorsqu'elles se présentent ?

— Crois-tu qu'elles se présentent toujours au moment le plus opportun pour eux comme pour leurs éducateurs ? Contrôlera-t-on aussi bien une situation imprévue que celle que l'on provoque ? m'interroge-t-il à son tour.

De questions en réponses, il m'amène à conclure qu'il faut enseigner à choisir, à trouver des solutions originales aux problèmes en mettant les jeunes devant des alternatives.

Le maître n'a rien fait d'autre depuis le début de l'épreuve. Il nous a mis face à des dilemmes, nous obligeant à choisir le meilleur parti possible. Il nous a créé des problèmes pour que nous trouvions des solutions ; nos solutions.

Peut-être était-ce la principale raison de ma réussite : j'ai toujours préféré trouver mes propres réponses, même si elles n'étaient pas toujours brillantes, que de me voir imposer celles des autres. Pis encore, je suis d'autant plus satisfait d'avoir tracé ma voie, que j'ai plus lutté pour y arriver. Je ne peux croire qu'à des merveilles difficiles à atteindre, des messages codés, des forêts vierges, des forteresses inexpugnables, d'impraticables labyrinthes, des passages secrets, des trésors enfouis au fond de cryptes, qu'à des mondes inexplorés ou mystérieux. Mon ultime plaisir sera toujours proportionnel à l'application, l'astuce et la ténacité que j'aurai dû déployer pour atteindre « mon » but. Ce n'est pas que je dédaigne l'expérience des autres, mais leurs solutions leur conviennent souvent mieux qu'à moi, et les sentiers qu'ils ont battus sont trop plats pour m'exciter. En outre, que deviendrait mon discernement si l'on m'aiguillait toujours sur la voie à suivre ? Aussi bonne que soit cette voie, je saurai peut-être en découvrir d'autres meilleures encore.

Pendant que nous terminons le repas avec le plus exquis des desserts, le maître interroge Gao sur d'autres sujets épineux. Nous buvons un digestif très alcoolisé à base de surâ, un fruit arcadien. Je me sens bien.

~.~.~

Le maître nous tend alors une tablette avec un stylet. Il nous dit d'y enregistrer ou d'y écrire un message d'adieu, puis de le signer.

— Un message d'adieu ? questionne Gao.

Je suis tout aussi surpris qu'elle. Que veut-il dire par un « message d'adieu » ?

— Oui. Le genre de message que laissent les gens qui projettent de se suicider. Imaginez comment vous vous sentiriez si vous aviez des raisons de vouloir mourir. Quel genre de message laisseriez-vous ? Mettez-vous mentalement dans cet état d'esprit, pensez à ce que vous diriez en de telles circonstances et enregistrez ce message. Vous pouvez vous isoler dans une autre salle pour le faire si vous le désirez. Mais si vous voulez l'étoile, vous devrez avoir enregistré ce message et l'avoir signé. Je vous laisse une heure pour l'enregistrer ou l'écrire.

Il nous laisse ensuite seuls. Gao et moi nous regardons, incertains de ce que nous devons penser d'une telle demande.

— Ce n'est sûrement qu'un dernier test, affirme Gao.

— Non. Je ne crois pas. Pas rendu à ce point de l'épreuve. Ils ont besoin de ce message pour une raison que j'ignore, mais il le leur faut.

Gao réfléchit.

— Nous aurons à aller en mission dans des conditions plutôt défavorables. Il est possible que nous mourions lors d'une mission qui ne sera même pas censée avoir existé. Si c'était le cas, ils auraient besoin de pouvoir expliquer notre mort, dit-elle.

— Oui, c'est logique. Je crois avoir entendu parler d'organismes gouvernementaux terriens et d'ailleurs qui exigeaient le même genre de lettre de la part de leurs agents les plus à risque.

Je réfléchis à ce qui nous est demandé, à ce qui risque de nous être demandé dans le futur et je me dis que j'ai toujours été prêt à servir la Communauté, même dans les pires conditions. J'ai toujours rêvé de mener la vie de Fédora. La vie rêvée pour moi consiste à la vivre en la risquant pour sauver celles des autres. Alors, pourquoi ne pas enregistrer ce message ? Mais qu'écrit-on lorsqu'on est assez désespéré pour vouloir s'ôter la vie ? Je n'ai jamais pensé à le faire et il faudrait que je vive des événements vraiment dramatiques pour en venir à un tel acte. Et encore !

J'essaie de me rappeler des gens que j'ai connus et qui ont tenté de se suicider. Je n'en trouve qu'un seul. Il s'agit d'un parent éloigné dont j'ai entendu parler et sur lequel le destin s'était acharné de manière tragique. Tout dans sa vie est allé de travers depuis la perte de sa femme et de ses enfants dans un accident qui l'a laissé infirme. Puis, il a aussi perdu de son travail en raison de son handicap qui l'avait rendu incapable de faire les seules choses qu'ils connaissaient et aimaient. Il a fini par perdre tout ce qu'il possédait. Il s'est retrouvé littéralement à la rue. La dépression l'a envahi jusqu'à ce qu'il pense à mourir. On l'a sauvé in extremis et conduit à un hôpital. Il s'en est sorti, mais il avait réellement voulu mourir et seule la chance lui a permis de survivre. Il avait laissé un message d'adieu très émouvant. Qu'avait-il dit dans ce message déjà ? Ça fait plusieurs années que c'est arrivé et je ne m'en souviens plus.

Peut-être que mon maître demande à tous ses élèves d'enregistrer ce genre de message avant de leur remettre l'étoile… J'y réfléchis, puis je m'éloigne. Je pense à ce que je vais dire, puis je me concentre sur l'idée de ma propre fin, de la tristesse que ma mort occasionnerait dans le cœur de mes proches. Je me mets à parler.

« Qui devient-on quand on ne sait pas qui on est exactement ? Certainement pas soi-même. Qui devient-on ? N'importe qui. Et n'importe qui peut faire n'importe quoi. Il suffit de le lui demander. On peut faire le bien ou le mal, car tout nous devient égal, plus rien n'a la moindre importance. On peut faire le mal en voulant faire le bien. Et c'est ce que j'ai fait. Je m'étais fixé des objectifs si élevés ! J'ai essayé de les atteindre sans y parvenir. Je ne les atteindrai pas, car ce n'était pas des objectifs à ma petite mesure. Trop de choses étranges et effrayantes se produisent et je ne peux pas les empêcher. Le monde lui-même pourrait s'évaporer. Ce n'est pas moi qui le sauverai. Je sais que je vous fais de la peine, Papa, Maman, mes amis, vous tous qui m'aimez. Je vous aime tant ! Mais je ne peux pas continuer sur cette route que je ne reconnais pas et qui ne mène nulle part, car elle n'est pas la mienne. Elle ne mène qu'à ma propre destruction. Mais je n'en connais pas d'autres. Alors, adieu ! Pardonnez-moi. » Je signe mon message de mes initiales.

Je ne sais pas pourquoi, mais j'avais les larmes aux yeux et des vibratos dans la voix en enregistrant ce message d'adieu. Peut-être est-ce parce que je sais que ce n'est pas qu'un test et qu'il pourrait bien servir un jour à convaincre tout le monde que personne ne m'a assassiné sinon moi-même.

Notre maître revient. Sans un mot, il ramasse nos tablettes et nos stylets.

— À quoi servira ce message ? questionne Gao.

— Probablement à rien, répond Maître Arsh.

— Pourquoi nous le faire enregistrer alors ?

— Parce qu'il pourrait arriver qu'on en ait besoin. Comme tu l'as deviné, Gao, il se pourrait que vous mouriez dans des circonstances dont nous ne pourrions parler à personne, pas même à vos familles ou à vos amis. Il faudrait alors pouvoir expliquer votre mort. Mais ce message sert aussi à savoir qui est vraiment prêt à mourir pour la Communauté. Et même si ce n'est pas un dernier test que je vous impose, il est arrivé que des jeunes refusent de l'enregistrer. J'ai donc dû les chasser.

— Être chassé à la toute fin, ce doit être vraiment... dis-je, sans trouver le mot qui convient.

— Très décevant, suggère monsieur Arsh.

Il dit qu'il était tout aussi déçu qu'eux, parce que rendu à ce point, on a toutes les raisons de croire que le postulant a réussi l'épreuve. On croit en lui. On s'y est attaché et on aimerait qu'il reste.

— Mais cette lettre, c'est trop pour certains, conclut-il.

Le maître offre ensuite à Gao un collier dont le pendentif est composé de deux billes, l'une noire et l'autre blanche, à demi fusionnées. Il m'offre la chaînette au bout de laquelle s'agite toujours aussi stupidement une araignée-robot. Il m'explique que si je veux qu'elle demeure immobile, je n'ai qu'à commander « meurs ! » ; si je désire qu'elle se ranime, je n'ai qu'à ordonner « vis ! ». Je l'expérimente. L'araignée s'arrête et repart sur mon ordre. Je demande au maître si je pourrais la reprogrammer. Il m'en indique la clef de programmation.

~.~.~

Master Arsh ouvre alors le bel écrin qui était posé depuis le début du repas sur la table. Il contient un tampon, LE tampon, celui qui porte la marque de l'étoile simple pour laquelle nous avons passé ces trois longues et dures semaines. J'en ai la gorge nouée et des fourmis me parcourent l'échine. Ainsi, c'est bien vrai ! Je vais porter la marque des novices.

— Cette marque que je vais inscrire à votre bras n'est pas que l'attestation de votre réussite, mais un engagement envers la Communauté et l'univers habité : celui de consacrer votre vie à la paix et au bonheur de tous. Acceptez-vous cet engagement ?

Si je n'avais connu le maître comme je le connais aujourd'hui, si je n'avais vécu cette initiation, je me serais empressé de répondre par l'affirmative à cette question. Mais, aussi sûr que notre naissance arrive au début de notre vie et la mort à la fin, je sais qu'il ne m'accordera plus de répit : il me faudra faire de chaque jour de mon existence un chef-d'œuvre. Cet Éden que la réussite de l'épreuve me mérite n'est que le symbole de cet autre paradis dont je devrai, dans la mesure de mes moyens, ouvrir les portes au plus grand nombre. Je sais pourtant que je ne souhaite rien d'autre. J'accepte donc.

Le sceau qu'utilise le maître est très ancien. Il en existe de nouveaux modèles dont la marque s'efface facilement avec un instrument prévu à cette fin. Celui-ci, au contraire, laisse une trace indélébile. La seule manière de la faire disparaître serait d'enlever toute la partie du derme sur lequel elle est incrustée. Je crois que pour le maître, cette ancienne marque incarne mieux le caractère immuable de notre engagement.

Il nous demande alors de jurer de garder le secret sur le déroulement de l'initiation. Puis, il projette dans nos yeux ce qui ressemble au jet lumineux d'une vulgaire lampe de poche.

— Cet appareil est un mémoneutraliseur. Son rayon lumineux sert à effacer de votre esprit l'empreinte mémorielle des images, des sons, des odeurs que vous avez vues, entendus et senties durant les dernières heures. Même si vous conservez, tous deux, vos souvenirs récents, il sera désormais impossible à quel qu'indiscret que ce soit de venir les recueillir en vous à l'aide d'un neurolecteur.

Dorénavant, les seules personnes avec qui nous pourrons discuter de l'initiation sont ceux qui l'ont vécue avec nous (à condition de ne parler avec eux que de la partie qu'ils connaissent), les assistants du maître et le maître lui-même. Mais, il nous faudra toutefois nous assurer qu'il n'y a à proximité aucune oreille indiscrète, ni aucun appareil d'enregistrement. Il arrive aussi parfois que le maître accorde une permission spéciale de révéler tout ou une partie de l'épreuve à d'autres maîtres, à des parents, à des amis ou même à la presse ; mais il dit qu'il ne faut pas trop compter là-dessus.

Une fois ces formalités accomplies, le maître me demande :

— Te souviens-tu, David, d'une certaine dette : un service que tu me dois ?

Je réponds, un peu inquiet :

— Oui, Maître.

— Voudrais-tu remettre ce paquet à la personne dont l'adresse figure sur l'emballage ? Je tiens beaucoup à ce que mon amie le reçoive en main propre (là-dessus, il a un sourire ambigu). Tu n'auras qu'à me remettre celui qu'elle te donnera lorsque l'on se reverra.

— Bien sûr, Maître, avec plaisir.

Gao et moi saluons et remercions le maître et ses aides.

— Vos parents, amis et éducateurs (il prononce ce dernier mot en fixant Gao du regard) vous attendent dehors ainsi qu'une foule de badauds et de nombreux journalistes venus interroger les « survivants », nous informe le maître, moqueur.

— Oh non ! se plaint Gao. Moi qui espérais rentrer tranquillement chez·moi !

Si Gao n'a pas envie de rencontrer ses éducateurs, j'avoue que, moi, c'est la rencontre avec la presse qui ne m'enthousiasme pas.

— Que voulez-vous, vous êtes des vedettes maintenant, plaisante Maud.

Le maître demande à la sécurité de fournir des garde du corps pour que nous puissions traverser la foule sans encombre, et nous sortons enfin !

~.~.~

Dehors, au premier rang, se trouvent de nombreux inconnus. Tous arborent l'emblème d'un journal. Certains sont armés de caméras-pistolets. D'autres n'ont rien en main, mais leurs yeux contiennent sûrement des oculocaméras. Quelques-uns, plus modernes, emploieront plus tard un neurolecteur pour recueillir dans leur propre cerveau ce que leurs yeux et leurs oreilles auront perçu de façon naturelle.

Parmi les badauds, je vois mes amis : Nathalia, Dennis, Masha, Derek et Sue. Ils ont l'air perdus au milieu de cette foule. Seule Masha sourit : mon récent vedettariat doit la réjouir. J'ai une telle hâte de les rejoindre !

Les journalistes nous questionnent. À l'un d'eux qui demandent :

— Quel moment de ces trois semaines d'épreuve vous a paru le plus dur ?

Gao répond avec humour :

— Les trois premières semaines.

C'est d'ailleurs la seule réponse à laquelle ils auront droit. Je me réfugie dans l'astronef de mes amis qui m'embrassent, me donnent des tapes amicales, ébouriffent mes cheveux et me félicitent. Après quoi, nous décollons. Alléluia !

Chapitre 15

Mes amis, comme les journalistes avant eux, parlent tous ensemble. Ils veulent savoir ce que jamais je ne pourrai leur révéler. Cet accueil tout de curiosité et de fol empressement me touche ; je me sens de retour chez moi. Je leur souris.

— Holà ! fais-je. Pas si vite ; pas tous à la fois !

— J'avais entendu l'Informateur annoncer que vous n'étiez plus que deux du groupe d'Arsh, mais je n'arrivais pas à y croire, dit Derek.

Je le taquine :

— N'est-ce pas plutôt que je fasse partie de ces deux-là que tu n'arrivais pas à croire ?

— Moi, douter de toi ! répond-il en affectant l'indignation.

Ils se mettent tous à me jurer leur totale confiance. Quand ils recommencent à m'interroger sur l'initiation et sur le maître, ils me promettent la plus absolue discrétion. Je leur dis et leur répète que, moi, c'est le silence que j'ai promis. Rien n'y fait. Ils me questionnent encore et encore, tentant d'obtenir davantage que mes seules impressions et essayant de lire sur mon visage les réponses que je ne peux leur donner. Quand elle voit pendre à mon cou mon araignée, Nathalia me demande de quoi il s'agit.

Je me tourne vers elle et, après avoir ordonné « vis ! », je réponds :

— Une araignée.

En voyant l'araignée s'animer, Dennis s'enfonce dans son siège ; tandis que les autres s'approchent pour mieux la voir.

— Elle a été fabriquée sur Achantis, affirme Masha en connaisseuse.

Que des araignées géantes fabriquent des araignées-robots, quoi de plus normal !

— Je croyais que tu craignais les araignées même en holo, dit Dennis.

— Je craignais, oui.

— Tu ne les crains plus ? me demandent plusieurs incrédules.

— Un peu. Plus autant qu'avant ; en tout cas, pas en holo ni en pendentif.

— Tu ne pourrais pas l'empêcher de s'agiter ? réclame Dennis, fasciné par l'araignée.

J'ordonne « meurs ! » Mes amis la regardent s'immobiliser et pendre à nouveau au bout de sa chaîne.

— Pendant que j'y pense ; pourrait-on se rendre à cette adresse ?

Je montre le paquet du maître à Sue, qui s'occupe de donner les indications routières à l'ordinateur de bord.

— Tu connais quelqu'un là-bas ? questionne-t-elle.

— Non, personne. Mais j'ai ceci à remettre à quelqu'un qui y réside.

— Qu'est-ce qu'il y a à l'intérieur ?

— Je n'en sais rien.

— Qui est cette personne à qui tu dois le remettre ?

Je hausse les épaules, ensuite leur explique de quoi il retourne.

— Arsh aurait au moins dû te donner son nom, critique Derek.

— Bon, on peut bien faire ça pour l'ami d'un ami, concède Sue.

Nous changeons de cap, mais pas de conversation : mes amis recommencent à me parler de mon araignée, de l'épreuve et veulent savoir si le maître est vraiment télépathe. Je suis soulagé quand Sue nous avertit que nous approchons de l'adresse du paquet. Le pilote automatique nous pose sur l'aire d'atterrissage près d'une maison des plus originales.

Je sors seul. Après avoir posé ma main sur la plaque du vérificateur dans l'entrée, je donne le motif de ma visite. La porte s'ouvre aussitôt. J'entends des pas, puis… J'en ai le vertige. Je me retiens au mur de peur que mes jambes me lâchent. Ah, le salaud ! Je savais que je devais me méfier de ses services. L'ami du maître s'avance vers moi sur ses huit pattes : c'est un Achante.

— Bonjour, David, me souhaite-t-il. Greg m'a annoncé votre visite et il m'a dit que vous auriez un paquet à me remettre. Mais, je suis impolie : je ne me suis pas présentée. Je me nomme…

J'entends un nom pour lequel mon implant ne trouve pas d'équivalent dans ma langue.

L'araignée, qui me regarde de ses huit yeux verdâtres, me tend l'une de ses pattes. J'ai chaud. Je me sens encore tout étourdi. J'essaie, comme dans les cabines, de retrouver mon calme, mais j'y arrive très mal. Me débarrasser de mon paquet et sortir d'ici, que je respire !

— Vous ne vous sentez pas bien, jeune homme ?

Mon traducteur a donné à cette question une intonation inquiète. Cette chose, là devant moi, se tracasserait donc à mon sujet ? Je n'ai pas osé le (la ?) regarder depuis… trop longtemps. Je lève les yeux sur lui. Ses couleurs, tout à l'heure d'un jaune orange et d'un noir intenses, ont pâli. Son inquiétude est peut-être réelle. À moins que les Achantes changent de couleurs lorsqu'ils ont faim, à la vue d'un bon repas !

— Venez vous asseoir. Reposez-vous un peu. Voulez-vous une boisson ? Avez-vous besoin d'autre chose ?

Il ne sait plus que dire ni que m'offrir pour me mettre à l'aise. Je suis honteux de ma réaction.

— Excusez-moi, monsieur, de...

— Non, pas monsieur ; ce serait plutôt madame. Mais, laissez tomber les formalités et appelez-moi Amy.

Arsh avait parlé d'une amie. Aurais-je mal compris ? Parlait-il d'Amy ? Je me relève, m'approche d'elle et lui tends la main.

— Heureux de vous connaître, Amy.

Elle me tend une patte chaude et duveteuse. Ses couleurs se ravivent. Tant mieux. Ses yeux, que je trouvais tantôt verdâtres, brillent maintenant telles des émeraudes au soleil.

— Je m'excuse de m'être montré si...

— Ce n'est rien, jeune homme. Ce n'est pas la première fois. Depuis que je suis venue vivre sur Terre, j'en ai vu de toutes les couleurs, comme vous dites, et j'en suis passée par toutes mes couleurs, comme nous disons sur Achantis.

Je ris sincèrement de son jeu de mots et de couleurs. Le sifflement qu'elle émet alors étrangle mon rire et me donne la chair de poule. Je souris lorsque je comprends qu'elle aussi est en train de rigoler à sa façon.

— Au moins, vous récupérez vite ! me félicite-t-elle.

J'entends dans mon esprit le maître m'autoriser à lui parler de ma peur. Ainsi, son don lui permettrait de lire les pensées d'une personne d'aussi loin !

— C'est grâce au maître.

— À Greg, vous voulez dire ?

— Oui. J'éprouvais une véritable phobie pour tout ce qui ressemblait de près ou de loin à une araignée. Il m'a aidé à m'en débarrasser... enfin, presque !

— S'affranchir de ses préjugés n'est pas facile, j'en sais quelque chose, surtout lorsqu'ils sont nourris par la peur. Je peux vous dire que, sur Achantis comme sur Terre, la plupart ne se donneraient pas une telle peine. Pour bien des Terriens, je suis tout juste bonne à être hachée en menus morceaux pour nourrir les oiseaux.

En comptant sur son sens de l'humour, je risque :

— C'est que, pour vous bouffer entière, il faudrait vraiment un très gros oiseau.

Elle siffle si fort que j'en frissonne malgré moi. Sa cordiale gaieté ravive la mienne : je ris à nouveau. L'amie du maître me plaît. Elle mérite qu'on la connaisse mieux. J'imagine que la vie ne doit pas toujours être facile pour elle sur Terre. Quand elle cesse de rire, je lui demande :

— Si ce n'est pas trop indiscret, pourriez-vous me dire pourquoi vous êtes venue vivre ici ?

— J'ai accepté le poste de consul. De plus, j'ai plusieurs bons amis terriens, dont Greg.

— Où vous êtes-vous connus ?

— Sur Achantis. Lorsqu'il était plus jeune, Greg est venu avec la mission d'amener notre planète à se joindre au Monde libre. Je travaillais alors comme conseillère présidentielle. Achantis était en très mauvais termes avec la Communauté et le Monde libre à cette époque, et avec la Terre en particulier. L'envoi chez nous de ce jeune Terrien nous était apparu comme une grave erreur de la part des responsables de la C.P. Je devais l'accueillir. En fait, je projetais d'en faire mon prochain repas.

— Mais, je croyais…

Je déglutis. Quand j'essaie de poursuivre ma phrase, je n'arrive plus à trouver ce que je voulais dire ensuite.

— Avant sa venue, nous ne considérions guère votre espèce que comme de la viande à peine mangeable. Lorsque Greg est arrivé, je l'ai menacé en ces termes : « Repartez et oubliez-nous, ou vous deviendrez mon dîner. » Il a répondu qu'il ne repartirait qu'avec un traité signé en bonne et due forme. J'ai foncé brusquement vers lui, m'attendant à ce que, comme ses prédécesseurs d'autres planètes, il détale à toutes jambes ou recule pour se protéger ; mais il est resté immobile. Je l'ai jeté à terre et j'ai sorti mes griffes à venin. Il m'a demandé : « Puis-je au moins connaître votre nom ? » Cette demande incongrue m'a fait rire. J'ai approché mes griffes de sa poitrine ; il n'a pas bougé. J'ai hésité. L'envie m'est venue de m'amuser un peu avec lui d'abord. J'ai demandé à mes gardes de lui paralyser les bras et les jambes. Il m'a priée de n'en rien faire : il promettait de ne pas fuir. Pourquoi, expliquez-moi, l'ai-je cru ? Je ne l'ai jamais regretté. Il a passé plusieurs semaines sur Achantis au bout desquelles je le considérai comme un ami. Il est retourné sur Terre, traité en main.

Je lui donne ensuite son paquet. Elle l'ouvre et écoute le message qu'il contient en sifflant. Il ne s'agit pas d'une traduction, j'en suis sûr. Il lui parle bel et bien en achante ! Cette langue est réputée imprononçable pour toute espèce humaine ou humanoïde.

— Quel farceur, ce Greg ! Il arrive toujours à me remonter le moral.

— Comment peut-il parler votre langue ?

— L'une de nos langues. La principale. Il en avait appris les rudiments avant sa mission sur Achantis. Je l'ai aidé à en parfaire la connaissance.

— Mais je croyais que c'était impossible pour un humain d'apprendre vos langues.

— Très difficile, oui, mais pas impossible. La principale difficulté vient du fait que vous ne disposez pas des organes nécessaires à l'émission de certains sons, dont plusieurs vous sont même inaudibles.

— Alors comment a-t-il pu ?

— Il s'est fait implanter un synthétiseur dans une molaire. Chaque fois qu'il ne peut émettre naturellement un son, il commande de divers mouvements de la bouche et de la langue à l'appareil de le produire. Pour ce qui est des sons inaudibles, l'implant traducteur pallie cette difficulté : la traduction des mots mal prononcés est parfois surprenante ou amusante, même assez souvent inexistante, mais elle permet de repérer les erreurs et de les corriger. Même ainsi, cela ne va pas sans problème. L'apprentissage est long et difficile. Mais Greg a la tête exceptionnellement dure, termine-t-elle en sifflant.

Elle sort alors un petit boîtier de son enveloppe et s'éloigne en me disant de l'attendre, qu'elle revient tout de suite. Elle me rejoint avec un autre petit paquet.

— Tenez. Il y a longtemps que je voulais lui remettre ça. Ma réponse à sa lettre est à l'intérieur.

Je la remercie, lui recommande de ne pas trop s'en faire avec ces idiots de Terriens qui la craignent, la salue en lui serrant la patte et sors.

Pour éviter de nouvelles et inutiles questions sur ce que le maître a bien pu trouver pour me libérer de ma crainte des araignées, j'évite de leur parler d'Amy. Nous continuons plutôt de discuter ensemble de notre passé commun et de l'avenir. Avant de descendre de l'astronef, je les invite tous à la maison samedi soir. Ils acceptent, même s'ils trouvent que samedi soir est loin. Ce qui me fait bien rire, car samedi, c'est demain.

Chapitre 16

Hier, en arrivant près de chez moi, j'ai vu Papa et Maman qui m'attendaient sur le perron. J'ai couru les rejoindre et me jeter dans leurs bras. Il me semblait qu'il y avait des siècles que je les avais quittés.

Nous avons célébré nos retrouvailles par un bon repas et une agréable conversation sur tout et sur rien, sur la vie et sur nous. Contrairement aux copains, mes parents ne m'ont pas pressé de leurs questions. Ils étaient heureux de mon succès et de mon bonheur. Pour eux, c'est ce qui comptait le plus.

Tout au long de la journée, j'ai reçu des visiteurs et des appels de parents, anciennes connaissances et voisins, souhaitant me féliciter ou venir me rencontrer. Les copains auraient sans doute préféré une soirée plus intime, mais j'y ai quand même invité ceux qui voulaient l'être. J'ai aussi laissé un message sur le com du maître, absent, pour lui dire que j'aimerais sa présence, celle de ses assistants et de Gao à la réception de ce soir.

Entre appels et visites, j'ai aidé mes parents pour les préparatifs. J'espérais payer le nécessaire et le superflu avec mes économies, mais je n'en avais pas assez et, de toute façon, mes parents ne voulaient pas en entendre parler.

— Tu mérites bien qu'on te gâte un peu, a dit Papa.

Il y avait donc affluence chez moi ce soir. Seule Gao n'était pas là. Ses parents, amis et connaissances lui avaient organisé une surprise-partie.

La fête chez moi a été merveilleuse, exception faite des milliers de questions qui m'ont été posées au sujet de l'épreuve. Même le maître y est allé de ses questions. Il s'amusait beaucoup à me regarder tenter de répondre sans trahir ma promesse de silence.

En regardant le maître d'un regard en coin, un voisin m'a demandé :

— Est-il vraiment aussi cruel que certains le disent ?

Mon maître, debout, jambes légèrement écartées, les bras croisés sur la poitrine, me regardait en souriant. En le regardant droit dans les yeux, j'ai répondu :

— Oui.

Certains se sont mis à rire et m'applaudissaient. D'autres ont posé un regard inquiet sur le maître, cherchant à voir sa réaction. Mais il éclate de rire, lui aussi.

— C'est vrai ? demande Nathalia, sourcils froncés.

— Tout dépend de ce que tu considères comme cruel. Si j'avais des images de certaines choses vécues à Éden et que je vous les montrais, vous n'auriez aucun doute en les regardant qu'il faille être cruel pour nous infliger ça. Mais si vous connaissiez leur contexte et les aviez vécu avec nous, la plupart verraient les choses tout autrement.

— La plupart ? questionne à son tour ma mère.

— Maman, je te connais bien. Tu es très protectrice à mon égard. Je suis certain que tu ne verrais pas tout ce que j'ai vécu d'un bien bon œil. On ne peut pas s'attendre à ce que tout ça convienne à tous. C'est bien pour ça que tout le monde n'entre pas à Éden.

Je voyais à son air que ma réponse ne la satisfaisait pas.

Le maître a ajouté :

— Je sais, madame, que vous ne m'aimez pas. Vous n'y êtes pas forcée. En un sens, c'est peut-être préférable comme ça. Vous garderez un regard plus critique sur ce que vivra votre fils. Ses conversations avec vous le forceront à réfléchir davantage à ses choix.

Mon père a alors entraîné ma mère à la cuisine pour rapporter de nouvelles boissons et des collations. Mais, je sais qu'il cherchait à éviter le dérapage de la conversation sur un terrain trop glissant.

J'ai mis de la musique. Masha, Nathalia et moi avons dansé la tandava à quatre avec le maître. Même s'il ne connaissait pas cette danse dont le rythme va en s'accélérant, il s'en est bien tiré. En fait, quand je le regardais ainsi danser, et quand je l'écoutais parler à chacun avec tant de courtoisie, blaguer et rire, complimenter les uns et taquiner les autres, je me disais : « Est-ce vraiment lui qui m'a demandé il n'y a pas bien longtemps de marcher sur des braises ? » Tout le monde se l'arrachait et semblait l'apprécier, sauf ma mère qui le trouve envahissant et sournois. Elle m'a même, encore une fois, mis en garde contre lui et m'a fait promettre de rester vigilant et lucide.

— Promis, Maman, ai-je répondu sincèrement, en espérant la rassurer un peu.

Maintenant, allongé sur mon lit, un sentiment de triomphe m'enivre presque davantage que tout l'alcool que j'ai consommé ce soir. Et puis, je me mets à penser à ce qui m'attend. Avant de pouvoir entreprendre mes cours à Éden, il me faudra rencontrer Jonathan et essayer me faire pardonner les torts que je lui ai causés il y a quelques années, ou je devrai me trouver un autre maître. Mon humeur euphorique s'assombrit déjà. Mais que voulez-vous, je suis d'un naturel versatile. Et je crois que même Maître Arsh ne saura rien changer à ça.

Autres romans de cette série

Merci d'avoir lu ce premier tome de ma série « *Pas de paradis sans... l'enfer* ». Notez qu'il y a 10 tomes publiés dans cette série de science-fiction et un 11ᵉ est en préparation.

Pas de paradis sans... l'enfer, Tome 1 : L'Épreuve d'admission

Pas de paradis sans... l'enfer, Tome 2 : Soldat de la paix

Pas de paradis sans... l'enfer, Tome 3 : Un pas en avant

Pas de paradis sans... l'enfer, Tome 4 : Perturbations internes et externes

Pas de paradis sans... l'enfer, Tome 5 : Ici et ailleurs

Pas de paradis sans... l'enfer, Tome 6 : D'épreuve en épreuve

Pas de paradis sans... l'enfer, Tome 7 : Chacun son tour

Pas de paradis sans... l'enfer, Tome 8 : Une raison de vivre ou de mourir

Pas de paradis sans... l'enfer, Tome 9 : Devenir maître

Pas de paradis sans... l'enfer, Tome 10 : Résurrection

Merci de laisser une critique de ce roman où vous vous l'êtes procuré.